KEITAI
SHOUSETSU
BUNKO
野いちご SINCE 2009

たとえば明日、
きみの記憶をなくしても。

嶺央

スターツ出版株式会社

カバーイラスト/花芽宮るる

「ユキちゃん。
私ね、ユキちゃんと別れたいの」
好きだから君を想った。
好きだから嘘をついた。
優しい君は
「そっか」とつぶやくと
私の髪をクシャクシャッとなでた。
その温もりに
涙があふれそうになるのを
必死でこらえた。
「行かないで」
そう言えたのなら
どれだけよかっただろう。

.·.·..·.·.*.·.·.*.·.·.

願わくは、君と
永遠の愛を誓いたい。

.·.·..·.·.*.·.·.*.·.·.

contents.

プロローグ　6

1章

大好きな君と　8

突きつけられた現実　22

焼きつけておこう　43

君よ、幸せになれ　64

優しくしないで　92

壊れゆく先はいつも君　119

私から手を振って　145

2章

君のいない生活　162

意味が見つからない　179

クリスマスの奇跡　191

変わらないもの　203

一緒に生きてくれますか？　222

3章

刻まれるもの忘れゆくもの	234
ふたりで流した涙	257
なろうよ	275
式の前の日	297
永遠の愛を誓いますか？	316
私はまた、君に恋をする	330

エピローグ	332
あとがき	346

プロローグ

「ユキちゃん、あのね……だーいすき‼」
「バーカ。知ってるよ」
　こうして笑いあえるのが最後だったのなら、もっと君の笑顔を焼きつけておけばよかった。
「乙葉はもう俺のこと……嫌いなの？」
「……嫌いじゃない。けど、もう好きじゃないの」
　こうして君の泣き顔を見るのが最後だったのなら、もっと君に優しくしておけばよかった。
「ユキちゃん……。好き……っ……大好きなんだよ……」
　こうして君と会えるのが最後だったのなら、もっともっと君に「好き」だと伝えておけばよかった。
　私の最後の記憶が、君であふれているように。
　私が君のとなりからいなくなっても、たとえ、世界中の人が不幸になっても。
　君だけは永遠に幸せであるように。
　『君よ、幸せになれ』と願うこの想いは、涙色──。

1章

大好きな君と

「ユキちゃーん……。私もう数字見たくないよ……。頭爆発しそう……」

　もうすぐ高校3年生になる春休み。

　私、三浦乙葉はここ毎日参考書とにらめっこをしていた。

「うん。爆発しないから安心しな。今日のノルマをクリアしなかったら明日、デートしてあげないよ」

　開始早々やる気モードゼロの私を、本を読みながらあきれたように横目で見るのはユキちゃんこと一ノ瀬雪斗。

　私の大好きな人であり、彼氏でもある。

　私とユキちゃんは同じ学校に通う高校生。

　高校1年生の冬から付き合い始めてもう1年以上の月日が経った。

　交際に至った経緯は実に単純で、簡単に言えば私のひと目ぼれ。

　傷みを知らない綺麗な黒髪。雪のように白い肌。モデル顔負けのスタイル。

　ユキちゃんいわく、日焼けをしない体質で、女の子みたいに白い自分の肌が嫌いらしい。

　まったく、贅沢だよね。

　女の子はそれを維持するのにいったいどれだけの苦労しているのか知らないんだ。

　そんな女の子の理想をぎゅっと詰めこんだユキちゃん。

入学当初は「絶世の美男が入学してきた」ってみんな大騒(さわ)ぎだった。

　みんながみんなユキちゃんに恋(こい)をしてた。

　そして、私も。

　だけど、私はユキちゃんの外見だけを見て好きになったわけじゃない。

　たとえば、クラスにちょっと馴染(なじ)めていない子がいるでしょ？

　周りの子たちはなかなかその子に近づこうとはしないんだけど、ユキちゃんだけはちがった。

　高校１年生のころにあった合宿の班決め。

　入学早々体調不良で長い間休んでしまい、まだクラスに馴染めずひとりでぽつんと席に座る男の子がいた。

　入学したてにもかかわらず、班決めで引っ張りだこな人気者のユキちゃんはためらいなくその子に近づくと「俺と同じ班になってくれる？」って優しく笑いながら声をかけていた。

　その子が自然にクラスに馴染めるように、その子がクラスに早く溶(と)けこむことのできる場所を作ってあげていた。

　ほかにもね。

　ユキちゃんは人の悪口は絶対言わないし。

　自分のことは二の次でいつも周りの人たちのことばかり。

　あたり前のようなことでもなかなかできないことをユキちゃんはやってしまう。

　別に自ら リーダーシップをとっているわけでもないのに、

いつもクラスの中心にいて、それでいてどこか惹かれるものがあって。

ときどきやんちゃもするけど、そこがまたギャップでドキドキしたりして。

裏表がなくて、お人よしなくらい誰にでも優しくて、誰からも好かれる人。

そんな彼に私は知らぬ間に惹かれていた。

でも、そのときはまだ、「好き」というよりは憧れみたいなものだったと思う。

極めつきは、体育のバスケの時間。

パスされたボールを受け取ると、軽々と跳び華麗にシュートを決めて、チームの人たちと無邪気に笑いあうユキちゃんに、私はひと目で心を奪われた。

あぁ、彼はこんなふうに笑うんだって。

ユキちゃんから目が離せなくなった。

そしたらね。

どんな食べ物が好きなのかな？

どんな音楽を聴くのかな？

どんな女の子がタイプなのかな？

そんなふうにもっとユキちゃんのことを知りたくなって。

仲よくなりたくなって。

近づきたくなって。

好きになった。

それからはもう、女同士の争い。

人気者のユキちゃんを狙う女の子は数知れず。

もう女の子全員が私の敵、みたいな。
　女の先輩に「一ノ瀬君に近づきすぎ」なんて呼び出しをくらったこともある。
　それでも私は負けたくない。
　その一心だった。
「三浦はどこの中学から来たの？」
　そんなふうにユキちゃんから話しかけられると、あり得ないくらいうれしくて。
「あの先輩と一ノ瀬君が昨日ふたりでしゃべってた」
「あの子と一ノ瀬君は両想いらしい」
　そんなふうに聞こえてくるうわさ話に不安になって。
　ユキちゃんのことで一喜一憂してばかり。
　いつもユキちゃんのことばかり。
　そんなふうだからいつまで経っても告白できず、ちょっと仲がいいだけの友達止まり。
　ズルズル引きずったまま、あっという間に冬休みを迎えてしまった。
　そんなある日。
　あれは雪の降る元旦の日のことだった。
　友達の神崎咲から《初詣に行かない？》とメールが送られてきた私は、近所の神社に向かった。
　そこにいたのが、ユキちゃんだった。
　どうやら咲とユキちゃんは中学のころからの友人で仲がいいらしく、以前から初詣に行く約束をしていたという。
　知らなかった私はユキちゃんがいることにビックリしな

がらも後悔してた。
　もっとかわいい服着てくればよかったなぁとか。
　メイクしてくればよかったなぁとか。
　そんなことだけど。
　それでも、ユキちゃんのとなりを歩くだけでドキドキが止まらなくて。
　後悔なんかどうでもいいほどにユキちゃんと会えたことがうれしかった。
　初詣の帰り道。
　家が同じ方向にある私とユキちゃんはふたりきりで帰宅していた。
「三浦。ちょっと後ろ向いてみ？」
「ん？　……わっ!!　なにすんの。もー」
　ユキちゃんに呼ばれ後ろを振り向くと、容赦なく雪を顔に投げつけられた。
「はは。ひっかかった」
　いたずらっ子のように笑うその無邪気な顔がとてもかわいくて。
　私は「もう！」と怒りながらも内心うれしくて。
「三浦はマフラーしないで寒くないの？」
「うん！　大、大丈……」
「嘘。寒いじゃん。これして帰りなよ」
　自分のマフラーを私の首に巻いて「風邪引くよ」って優しく笑われるとドキドキが止まらなくて。
　もうなんだか異様に愛おしく思ってしまって。

どうしてこんなに愛おしいのかな？
　考えてみてもわからなくて。
　いますぐ伝えたくなって。
「三浦は、好きな人とかいる？」
　となりを歩くユキちゃんが少し恥ずかしそうにするその唐突な問いかけに気づいたら私は……。
「好き……。一ノ瀬君が、好きです!!」
　そう、言っていた。
　すると、ユキちゃんはその言葉に驚いた顔をしたあと、「それ、俺がいまから言おうとしたのに」とちょっとすねた顔をして。
　「俺も好きだった」と照れ隠しに髪を触りながら笑った。
　夢だと思った。
　うれしくて胸が苦しかった。
「なんで泣くんだよー」
「う……だ、だってぇ……」
　ユキちゃんは私の頭に積もった雪を払いながら、優しく抱きしめてくれた。
　私はその胸の中でずっと泣いていた。
　それから私とユキちゃんは友達から恋人へと変わった。
　初めてのデート。
　初めての大ゲンカ。
　初めてのキス。
　初めてベッドの中で過ごした夜。
　そのすべてが宝物で大切で。

ユキちゃんは私のワガママもお願いも大きな愛で包みこみ、誰よりも一番に大切にしてくれた。
　いつも思うことは、ユキちゃんの彼女でよかった。
　そんなことばかり。
　だって、ユキちゃんといるとね、幸せがあふれて消えないんだもん。

「ボサッとしてないでさっさと問題解きなよ」
「だってわからないんだもーん……」
　それから月日が経ち、私たちは高校２年生の課程を終え春休みを迎えた。
　学びたい学科があるため県内の難関私立大学を目指す私は、必死に参考書とにらめっこ。
　難問だらけの参考書に嫌気が差しちっともはかどらない私を問答無用でビシバシしてくるのはユキちゃん。
　ちなみにユキちゃんは私とはちがう難関国立大学への進学希望。
　ユキちゃんのお父さんは大きな会社の社長をしていて、ユキちゃんはそこのひとり息子。
　期待をたくさん背負ったユキちゃんは、いつもお父さんと対立していてあまり仲がよくないという。
　でも、お父さんにどんな厳しいことを言われても勉強には手を抜かない。
　そんなところも尊敬しているんだよ。
　……とは言っても私に勉強漬けの日々は少々つらいもの

で。
　ユキちゃん地味にスパルタ。
　全然休憩を取らせてくれない。
「ここはさっきも教えたよ。こんなんじゃ、センターすら突破できないよ」
「さっきっていつよ〜」
　頭のいいユキちゃんは家庭教師のごとく一つひとつ丁寧に教えてくれるけど、それを理解するのもなかなか難しいのだ。
「だから……」
　ユキちゃんは片方の髪を耳にかけると、シャープペンを持ち、問題集になにやら書きこんでゆく。
　その姿がなんだかかわいくて、問題集なんかよりユキちゃんをガン見。
「……見すぎ。俺じゃなくて問題集を見て？」
「……ユキちゃん。その髪形かわいいね……」
「なに言ってんの。はぁ……。ちょっと休憩にする？　……って1問も解いてないけど」
　あきれた様子で、ユキちゃんはそう尋ねる。
「わー！　休憩だー！」
　私はその言葉を待ってましたと言わんばかりに、シャープペンを放り投げ、ユキちゃんの体に飛びついた。
「ちょっ……」
　あまりの勢いにユキちゃんの体は後ろへと倒れてしまうけど、私はユキちゃんの体の上にのっかり抱きついたまま

離(はな)れない。
「……なにしてんの？　乙葉さん」
　床に頭を打ちつけ私の下で引きつり笑いをするユキちゃん。
「エネルギー補給です!!」
　私はそんなユキちゃんの体に抱きついたまま、キャッキャッと笑う。
「バカなこと言ってないでどいてよ。重いよ」
「わー。ユキちゃんひどい！　女の子に重いなんて言っちゃダメなんだよ!!」
「だって、乙葉太ったでしょ？」
　ギクッ……。
「3キロくらい増加した。ビンゴ？」
「うぅ……」
　春休み太りや、3キロという数字までみごとに見抜かれ言葉が詰まる。
　そんな私をユキちゃんはおもしろそうに笑いながら頬(ほお)をプニプニつっついてくる。
「ユキちゃんは細い人が好き……？」
「どっちかというとね」
　がーん……。
「……でも、太っててもかわいいでしょ？」
「うん。太っててもかわいいよ」
「めちゃくちゃおデブちゃんになっても好きでいてくれる？」
「うん。めちゃくちゃおデブちゃんになっても好きでいる

よ」
　……あーもう大好き!!
　ユキちゃんが好きすぎてどうしよう。
　顔が勝手にニヤけちゃうよ。
「キャーッ!　もうっ!!　ユキちゃん!　ユキちゃん!　どうしよー!!」
「どうしたの?」
「私、ユキちゃんのことが好きすぎて困っちゃう!!」
　キャーキャー騒ぎながらユキちゃんの胸に顔をうずめると柔軟剤のいい香りが鼻をくすぐる。
「はいはい」
「ユキちゃんは……?」
　尋ねるようにそっと顔を上げると目が合う。
　すると、ユキちゃんは私の髪にそっとキスを落とすと、「好き」と甘い声でささやいた。
「えへへ～!　幸せだなぁ～」
「わかったからそろそろどいてよ。本当重い」
「やだぁ～まだ、離れたくない!」
　こんなささいなやり取りがこんなにも幸せだったなんて。
　ユキちゃんと付き合う前の私は知らなかったよ。

　午後3時。
「乙葉。コンビニ行こう。おなかすいた」
「行く!　行く!　アイスおごってね!」
「なんでそうなるんだよ」

小腹がすいた私たちは勉強を中断し、コンビニへ。
　そっと手が触れたのを合図にどちらからともなくつなぐ手。
　大きくて、温かくて私の大好きな温もり。
　私は子どもみたいにユキちゃんとつないだ手をブンブンと揺らす。
「ユキちゃん。ユキちゃん」
「んー？」
　私がとなりで名前を呼ぶと、ユキちゃんは首をかしげ黒い髪がふわりと揺れる。
「私たちさ、大人になっても、おじいちゃんおばあちゃんになってしわくちゃな手になっても、ずーっとこうしていようね!!」
　ずっとずっとこうしていたい。
　離れないよう手をつなぎ、ふたりで同じ未来をたどりたい。
　ユキちゃんと同じ未来を見ていたい。
　いつだって私のとなりにはユキちゃんがいてほしい。
「それでね、子どもができたときは３人でこうやって手をつなぐんだよ!!」
「……それはなにが言いたいの？」
「私、ユキちゃんと結婚するからねー!!」
　小さな夢。
　遠い未来。
　そんな夢や未来は私たちを待っているだろうか？
「ユキちゃんのお嫁さんにしてくれる？」

「んー。乙葉がもっと頭よくなって家事ができるようになったら考えてあげる」
「えーユキちゃんの鬼……!!」

　ううん。ちがう。つかみに行くの。

　ふたりで同じ夢を。

　この手が離れそうになったとしても、何度だってつなぎ直して。

　道に迷い離れ離れになったとしても。

　ふたりの行き先が同じならば、たどり着く場所はきっと同じだから。

　ふたりがおじいちゃん、おばあちゃんになって、声が枯れてしまい「好きだ」って言葉で伝えることができなくなったとしても。

　この重なる手の温もりがきっと言葉に代わる愛してるのサイン。

「ほら、行くよ。俺より先にコンビニに着いたらアイスおごってあげる」
「あ。ずるい!!　待ってよ〜!!」

　ユキちゃんはパッと私から手を離すと鈍足な私にお構いなしに走っていく。

　私は必死にその背中を追いかける。

「早くしなよ。チービ!」
「チビって言うな〜!」

　ユキちゃんはそんなイジワルばかり言うけれど、いつだって少し先で立ちどまり、

「ほら。早くおいで」
　こうして、後ろを振り返ってくれるんだ。
　私の一歩先で手を差し出して優しく笑いながら待っていてくれる。
　同じスピードで歩んでくれる。
「ねぇ！　ユキちゃん！　聞いて!!」
「なに？　聞こえてるよ」
　私はユキちゃんから少し離れた場所でピタリと立ちどまる。
「ユキちゃん、あのね……だーいすき!!」
　そして、ありったけの愛をここで叫んだ。
　すると、今度はユキちゃんが
「バーーカ。知ってるよ」
　そう言って優しく笑って、「俺もね、めっちゃ好き」同じ言葉を返してくれるんだ。
　それだけで、どうしようもなく君を愛おしく思う。
　君が好きで、好きで、好きで、たまらなくなる。
　いつもそうなんだよ。
　いつだってユキちゃんが私に笑ってくれるたびに、「あぁ、好きだなぁ」って実感してる。
　大きな世界で君と出逢えた奇跡。
　私はそんな奇跡をなくしたくない。
　ユキちゃんとの未来を描いたら笑みがあふれる。
　ねぇ。ユキちゃん。
　ユキちゃんはどんな未来を描いていますか？

ユキちゃんの描く未来に私はいますか？

　ふたりで同じ未来をたどってくれますか？

　ユキちゃんがつらいときも、苦しいときも、うれしいときも。

　いつだってそのとなりは私であってほしい。

　大好きな君と終わらない未来を描きたい。

　幸せっていろんな形があるけれど……私の幸せはやっぱりユキちゃんなんだもん。

　ユキちゃんも……。

　ユキちゃんもそうだったらうれしいな。

突きつけられた現実

「ユキちゃん。始業式っていつだっけ？」
　春休み最終日。
　ユキちゃんの家に泊まりに来ていた私は、お風呂上がりのユキちゃんの髪を乾かしてあげながらぼんやりとつぶやく。
「明日だよ。春休みずっと夜ふかししてたせいで、ひとりじゃ起きられないから、俺の家に泊まりたいって言ったのは乙葉じゃん」
　ユキちゃんはおかしそうに笑うと「春休みボケ？」なんて言ってくる。
「別にボケてないよ～」
「うわ！　ちょっ……やめて……」
　ムッとしながらドライヤーの風を顔に浴びせてやると、ユキちゃんはぎゅっと目をつぶり顔をしかめる。
　でも、ユキちゃんの言う通り、最近私ちょっと変なんだよね……。
　日付や時間を思い出せなかったり、同じことを何度も聞いたり。
　なんか、こう……物忘れが多くなった。
　いまだって、明日は始業式だって念頭にありながら始業式がいつかなんて聞いちゃったし。
　もしかして本当にボケちゃった？

しっかりしなきゃ。

明日から高校3年生になって大学受験まっしぐらなんだから。

「明日、早いしもう寝ようか」

「うん!!」

電気を消し、真っ暗な部屋。

私とユキちゃんは同じベッドに入る。

「乙葉、ひっつきすぎ……きつい」

「いいじゃん！ ユキちゃんのベッド狭いんだもん！」

ひっつき虫みたいにユキちゃんにピッタリとくっつくと、ユキちゃんはうっとおしそうにあしらってくるから私は負けじとさらに密着する。

「狭くない。シングルベッドなんだよ。文句あるなら床で寝てよ」

「あ、ごめんって！ こっち向いてよー」

プイッと横向きになり背を向けるユキちゃんの服の裾をくいっと引っ張る。

すると、ユキちゃんは、「バーカ」って笑いながらこっちを振り向き、足を絡ませ私を抱き枕のようにぎゅっとすると、不意打ちにキスしてきた。

ドキドキしてキュンとして。

「もう1回！」

「ダメ。明日早いから。今日はこれだけ……ね？」

そう言ってそっと私を抱きしめるその腕や、髪をなでてくれるその手が。

「明日、起きなかったら置いてくよ」
　そう言って笑うイジワルな顔が。
　もうね、たまらなく愛おしいの。
　ふたりしか知らない甘い夜。
　ユキちゃんの胸の中で眠れる喜び。
「おやすみ、ユキちゃん」
「ん」
　ユキちゃんは目をつぶると数分で眠ってしまった。
　月明かりに照らされた寝顔があまりにも綺麗で思わず見惚れてしまう。
　明日、起きたら「おはよう」から始まって、夜になったら電話越しの「おやすみ」で終わる。
　そんなどうってことない日常が明日も来るのだと思うとそれだけでどうしようもなく心が幸せになる。
「……おやすみ、ユキちゃん」
　きっとユキちゃんは私を幸せにする天才なんだね――。

「……葉……乙……乙葉」
　ん……？
　この声はユキちゃん？
「おい、こら。バカ乙葉、起きろ。朝だよ」
　目が覚めると、ユキちゃんが私の顔をのぞきこんでいた。
「おはよ……あれ……なんで、ユキちゃんが私の家にいるの……？」
「なに、寝ぼけてんの。勝手に自分の家にするなよ。俺の

家だよ」

 眠たい目を擦りながら、ぼんやりとした意識の中にいる私の頭をユキちゃんは小突く。
「早く、着替えなよ。新学期早々遅刻したいの?」

 見ると、ユキちゃんはすでに制服に着替えていて、ここはたしかにユキちゃんの部屋だった。

 そういえば、私……。

 ユキちゃんの家に泊まりに来たんだっけ。

 あれ……? でもなんでだっけ?
「ユキちゃん……」
「なに? 早く起きなよ」

 私はゆっくり体を起こすと、ぼーっとユキちゃんを見つめる。
「なんでユキちゃん制服なの……? 春休みじゃん」
「……はぁ?」
「出校日あったっけ?」

 私がそう尋ねるとユキちゃんはネクタイをしめる手を止める。
「今日始業式だろ?」

 え……?

 あれ? まだ春休み始まったばかりじゃ……?
「昨日も聞いてきたよね? いつまで春休みボケしてるんだよ」

 やばい。春休みのせいで、日付の感覚が麻痺してる。
「あはは! ごめんね! ……ってユキちゃん着替えるの

早！ 私も早く着替えなきゃ！」
「だから、それをさっきから言ってんじゃん」
　私はバッと起きあがると、昨日持ってきた自分の制服に着替える。
「ユキちゃん〜！ 寝癖直らないよ〜！ 直して〜！」
「やだよ。もうそれでいいじゃん。寝癖なんかないよ」
「ダメだよ！ 身だしなみは乙女の鉄則なの！ ほんの少しの寝癖だって見逃せないの！ あ、ついでにふわふわーって巻いてね！」
　私は鏡の前に立つと、ユキちゃんに無理やりヘアアイロンとくしを渡す。
　ユキちゃんは「めんどくさい」と言いながらも私の寝癖を直し器用に髪を巻いてくれる。
　その間、私は部屋着から制服へと着替える。
「まさに共同作業だね！」
「……バカなの？」
　あ……。バカって言われちゃった。

　ユキちゃんのお母さんにあいさつをし家を出ると、雲ひとつない晴天が広がっていた。
「いい天気だねー。暖かい」
「だね。眠くなる」
　となりでふわっと小さなあくびをするユキちゃん。
　かわいくて思わず笑ってしまう。
「あ。そういや、今日何日？」

私はそんなユキちゃんに無意識に聞いていた。
「あのさ……乙葉。いい加減にしてね？　今日は始業式、4月9日だって」
　ユキちゃんは春休みボケを抜け出せない私に、そろそろあきれたような顔をする。
「へ？　あぁ！　そうだった！　ごめんごめんごー！」
「なんだよ。その謝(あやま)り方。ムカつく」
　本当、私は同じようなことを聞きすぎだ。
　春休みボケにもほどがある。
　だって……。
「ユキちゃん、さっき今日何月何日って言った？」
　ついさっき教えてもらったことを、もう忘れてしまっているのだから。
「乙葉……。ケンカ売ってるの？」
　ユキちゃんは引きつり笑いをしながら両頬をつまんでくる。
「いひゃい、いひゃい。ごめんなさい……。8日ひゃっけ？」
「9日だよ。バカ」
　あ、またバカって言われた。
　ユキちゃんの悪い口癖だ。
　って、バカって言われるのは仕方ないよね。
　自分でもおかしいと思うもん。
　こんな、ついさっきのことをすぐに忘れちゃうなんて……。
　学校に着くと、新しいクラス表が貼(は)り出されている体育館前には、たくさんの人だかり。

「ほら、乙葉が遅いから人多くなったじゃん」
「私のせいじゃないよー」
　私はぴょんぴょんしながら、自分の名前を探す。
　えっと……私のクラスは……。
「あ。あった」
　1組から順にたどっていったら、私の名前は1組にあり簡単に見つけることができた。
「ユキちゃん何組？　私1組」
「ん？　ちょっと待って。俺は……あ、2組だ」
「えー！　ユキちゃんとクラス離れた……」
　私はガクリと肩を落とす。
　2年間同じクラスだったのに、ここにきて離れちゃうなんてあんまりだ。
　高校生活最後なのに、ユキちゃんとクラスが別々という現実にショックを隠しきれない。
「クラス離れたくらいで落ちこみすぎ。となりじゃん」
「じゃあ、たくさん会いに来てね……」
「はいはい」
　あーあ……。ユキちゃんとまた同じクラスになれる気がしてたんだけどなぁ……。
「おっはよー！　おふたりさん！」
　異様に落ちこんでいるとどこからともなく咲がやってきた。
　咲は高校生になってすぐにできたお友達。
　おてんばで明るく、一緒にいてすごく楽しい。

嫌なことがあっても咲の顔を見てたら、どうでもよくなっちゃうし、咲といたら自然と笑顔になる。
「咲〜。私ユキちゃんとクラス離れちゃったよ〜」
　私は半泣きになりながら咲に抱きつく。
「あんたは、相変わらずユキちゃん子だな〜。けど、安心しなよ!!　私とはまた同じクラスだよ!」
「え!?　本当!?」
　ニカッと笑いながらピースサインをする咲。
「やったぁ〜!　うれしい!」
　ユキちゃんと離れたのは寂しいけど、咲と一緒なだけいいか。
「神崎、乙葉のことよろしくね。乙葉春休みボケがひどいから」
「あはは!　春休みボケとか!」
「わ、笑うな〜!!」
　私たちは3人で笑いあった。
　大切な友達がいて、大好きな彼氏がいる。
　まちがいなくいまこの瞬間が一番幸せだ。
　長い始業式が終わり、それぞれの教室へ向かう。
　マンモス校のうちの学校は1学年のクラスが12組もあり、見なれない人ばかり。
　咲が同じクラスで本当によかった……。
　担任の先生は3年間同じニッシーこと西山総先生だった。
　体育の先生で年は26歳。ニッシーは話しやすくて緩くて、男女問わずみんなの人気者。

一方、ユキちゃんのクラスの担任の先生は校内一怖い先生で、たとえ小さな校則違反も許さない。

　担任発表されたときの、2組の女の子たちのあの嫌そうな顔と言ったら……。

　担任に恵まれてよかったと、ホッと安心する。

「じゃあ、お前ら気をつけて帰れよ～。それから、女子。スカート短すぎ。怒られるのは担任の俺なんだからな」

　ぼーっと聞きのがしているといつの間にか終わるホームルーム。

　ニッシーの小言を「はーい」と適当に聞きながす私たち、女子生徒。

　それに対して「……本当にわかってんのかよ」とあきれるニッシー。

　ホームルームが終わるとユキちゃんが「帰るよ」って迎えに来てくれて、咲とユキちゃんと3人でお昼ご飯を食べに行く。

　新しいクラスはどうだとか。

　進路はどうするだとか。

　そんなどうってことない話をしながら過ぎてく時間。

　もしもこのとき、この時間がもう長くは続かないことを知っていたのなら。

　もっとニッシーの言うことを聞いてあげて。

　もっといろんな人と仲よくして。

　もっとふたりといろんな会話をして。

もう二度と戻らないこの時間の1秒1秒をもっと大事にできただろうか？
　いや、きっとできた。
　きっと、もっとこの時間をひとつずつ大事に過ごせたはず。
　現実はあまりにも残酷で。
　神様はいつだって、イジワルなんだ。
　そして、時間だけはいつも止まらずに正確に進むんだ。

　始業式から1週間後。
「……それでね〜。ニッシーが超怒ってきたんだよ！」
「なら、スカートのばせばいいじゃん」
「……やーだ。短いスカートはいましかはけないんだから！」
　ユキちゃんと登校してきた私は、ニッシーの愚痴を言いながら階段を上がる。
　だけど……。
「乙葉。どこ行くの？」
「え？」
「なんで、3階まで上がるの？　なにか用あるの？」
　ユキちゃんが不思議そうに私を見つめる。
「……あ、ごめん！　つい、くせで！」
「しっかりしなよ」
　そうだ。私たちのクラスは2階だ。
　去年までは3階だったから、勘ちがいしてしまったのか。
　私は慌てて階段を下りる。
　でも、クラスの前まで来ると……。

「じゃあね、乙葉。昼休み中庭ね」
「う、うん……」
　自分が１組なのか、２組なのかほんの一瞬(いっしゅん)だけわからなくなった。
　すぐに思い出したからいいけど、なんだろこれ……。
　ただの物忘れにしては……おかしい。
　体が覚える違和感(いわかん)。
　それから数日が経っても、物忘れを頻繁(ひんぱん)にするようになり、ときどきしゃべってる途中で言葉を忘れてしまうこともある。
　頭痛やめまいに襲(おそ)われ、学校を休んでしまうこともしばしば。
「ねぇ……。私さ、最近変なんだよね……」
「変？　なにが？　顔が？」
「ちょっ……！　ひどい！」
　体育の授業中。
　グラウンドの隅(すみ)っこのほうでサボっている私と咲は準備体操だけしてずっと談笑していた。
「そうじゃなくて、なんか、物忘れがかなり激しくて……。めまいに襲われたりさ……」
「あーたしかに乙葉、何回も同じこと聞いてきたりするよね」
「もしかして、なにか病……」
「おい！　三浦！　神崎！　堂々とお茶飲みながらサボんな！　お前らグラウンド走らせるぞ！」

遠くのほうから聞こえるニッシーの声が私の声を遮る。
「あはは。ばれちゃった。体育やろっかー。めんどくさー」
「うん……」
 私と咲はしぶしぶ腰を上げた。
「まぁ、心配なら病院に行ってみたら？」
 どこか不安げな私に咲がそう言う。
「そうしてみようかな？」
「ま、大丈夫っしょ！」
「だよね！」
 大丈夫。そう……だよね。

 土曜日。
 私はお母さんと病院に来ていた。
 わけを話したら心配性なお母さんは一緒に病院についてきた。
 診察の時間は最近自分の中でおかしいと思うことをすべて話すと、すぐにテストや脳の精密検査が始まった。
 テストの内容は昨日の朝昼晩の食事などを書き出すもので、私は余裕で全部書けた。
 ただ、自分の名前を漢字で書くテストでは、書きなれたはずの自分の名前である"乙葉"の"葉"の書き順を一瞬だけ迷った。
 先生はそのほんの一瞬を見逃さず顔を少し険しくさせた。
 そして、数日後。
 ここで、私は思いもしない言葉を聞かされることになる。

「えー。まず検査結果から話しますがその前にひとつ……」

この間より険しい先生の表情。

「乙葉さんは、これから自分自身のことをしっかりと知る必要があります。きちんと向きあわなければいけないからです。だから今日、乙葉さん本人にも聞いてほしくてここに呼びました」

え……?

なに? なんなの?

なんでそんなに険しい顔で私を見つめるの?

なんだって言うの?

嫌な予感がしてドクドクと胸が脈を打つ。

握りしめる拳が震え、冷や汗が流れる。

怖いな……。

私は怖さをかき消すかのように目をつぶり、ユキちゃんの笑顔を思い浮かべる。

しかし、この次の言葉は私にそれさえもできなくさせたんだ……。

「乙葉さん、あなたは──」

「え……?」

いま、なんて……?

先生の言葉を聞いたとき、金づちで頭を殴られたかのような衝撃に襲われた。

それを告げられたとき、17年間生きてきた道のりを瞬時に破壊されるような感覚に陥った。

夢でも見ているのだろうか?

そんなことさえ思ってしまった。

だって……。

だって……。

「乙葉さん、あなたは若年性アルツハイマーの疑いがあります。記憶をなくす病です」

だって、こんなの信じられるわけないじゃない……。

若年性アルツハイマーって……。

あれ、でしょ?

若い人がなる記憶をなくす病気。

でも、若いっていってもその多くは40代から60代くらいの人に発症すると聞いたことがある。

私がそれだと言うの……?

なんで? まちがいでしょ? 嘘でしょ?

なんの冗談?

「若年性アルツハイマーの進行は個人差もありますが比較的早く、初期症状が現れてから重症化するまでの期間はとても短いです」

待って……。

「治療により進行を緩和したり、遅らせることは可能です。ただ、この病には完治というものはなく、かならず進むものです」

ねぇ、待ってよ……。

「残念ながら、乙葉さんの場合すでに進行が進んでいる状態でいずれ……」

「……待ってよ!!」

私は大きな声で先生の声を遮った。
「そ、そんな……なんで私が……やだよ、先生……」
　情けなく声が震えてしまう。
　そんなこといきなり聞かされて「はい、そうですか」「では、頑張ります」なんてそんなこと言えない。
　私はそんなに強くない。
「先生、治してっ……！　治してよ……っ……！」
　私は泣き崩れるとヒステリックに叫び、先生の白衣にしがみついた。
「もちろんサポートはします。ただ、乙葉さん自身が受けとめることが必要なんです」
「サポートとかそんなんじゃなくて、いますぐ治してって言ってんの!!」
　怖くて、怖くて、気が狂いそうだった。
「先生は医者でしょ……!?　どうして治せないの……！」
　怖くて、怖くて逃げ出したかった。
「乙葉……っ……やめなさい……！」
　ずっと黙って話を聞いていたお母さんが、後ろから私の体を抱きしめる。
　ねぇ、お母さん。
　こんなことを突然聞かされてお母さんはいまどんな顔をしているの……？
「乙葉は……」
　私、怖くてお母さんの顔を見れないの……。
　だってね。だって、いまもしもお母さんが泣いていたら

私は……。
「この子はかならず私が守りますっ……!!」
　私は、そんなの絶対に耐えられないもの。

　それから、どうやって家に帰ったかは覚えていない。
　自分のことなのに、まるで自分のことじゃないかのようで。
　自分が記憶をなくす病だということを認めたくないくせに、私は自分の部屋に戻ると、パソコンで若年性アルツハイマーについて検索をかけた。
【若年性アルツハイマーとは、記憶や思考、行動に問題をきたす病気である】
【かならず進行する病気である】
　あぁ……やっぱり。
【若年性アルツハイマーは高齢者の認知症よりも、進行が早いと言われている】
　やっぱりダメだった。
　こんなこと調べるんじゃなかった。
【今日の日付や、自分がいまいる場所がどこかわからなくなる】
　やっぱり……。
【根本的な治療法は……ない】
　やっぱり、こんなの耐えられるわけがなかった。
「やだ……!!　やだ!　やだ!!」
　私はパソコンを閉じると、狂ったようにクッションやスマホやぬいぐるみを壁に叩きつけた。

治らない。

私のこの病気は治らないんだ。

私は記憶をなくす病気なんだ。

そんな恐怖と、孤独と、不安に涙があふれて止まらなくて。

時計の針がひとつ動くたびに私の病気は進行していっているような気がして。

私はまだ10代だよ……？

これからまだまだやりたいことがたくさんあるのに。

行きたい大学もあって、学びたいこともあるのに。

まだ、すべてがこれからなのに……。

夜中の12時。

リビングに向かうと、お母さんが真っ暗な部屋で声を殺して泣いていた。

「乙葉……ごめんね……。本当に……代わってあげられたら……いいのにね……っ。ごめんね……」

何度も「ごめんね」と涙交じりの声で繰り返す。

私の前では気丈に振るまっていたけれど、私のいないところでは弱々しく肩を震わせている。

うちは物心ついたときからお母さんとふたり暮らしだった。

母子家庭でひとりっ子の私はお母さんの愛をひとりじめして生きてきた。

いつか、大学を出て就職したら大きなプレゼントをしたり、海外旅行に連れていってあげたり。

たくさんたくさんしてあげたいことがあった。

まだ、なにも親孝行できていないのに。
それさえできぬまま死んでゆくんだ。
たくさん迷惑だけかけて、たくさん心配だけかけて。
なんの恩返しもできないなんて。
それどころか私はきっと、お母さんのことも忘れてしまう。
こんな、親不孝者でごめんね。
お母さん。
あなたはこんな私を恨むでしょう……？
　私は、自分の部屋に戻ると月をぼんやりと見上げた。
「怖いなぁ……もぅ……っ……」
　そっと、スマホを手に取る。
　いま、誰かにしがみつきたくて仕方ない。
　いま、誰かに助けてほしくて仕方ない。
　ユキちゃん……。
　ユキちゃんお願い。助けて……。
　震える手でユキちゃんに電話をかける。
　そして……。
『……もしもし？　乙葉？』
　その言葉を聞いたとき、もう限界だった。
『どうしたの？　こんな時間に？』
「あ、ごめん、ね……起こしちゃった……？」
『ううん。俺もね、乙葉と話したいと思ってたんだ』
「……っ……」
　その変わらぬ愛おしい声を聞いただけで、涙が止まらなくて困る。

笑え。

　無理してでも、笑うんだ。

「えへへ……相思、相愛……だねっ……」

　私は涙をポロポロ零しながらもおえつを我慢し、精いっぱい笑った。

『乙葉……?』

「ん……?　ど、したの……?」

『泣いてるの?』

　あぁ、ほら。やっぱりそうだ。

　ユキちゃんは気づいちゃう。

　ううん。気づいてくれる。

『どうした?　なんで泣いてるの?』

「な、んでもないよ〜っ……」

『でも、泣いてるだろ?』

　そんなに、何回も聞かないで。

　甘えたくなる。

「ユキちゃん、私ね……」

『うん?　なに?　言ってみな』

　そんなに、優しい声を出さないで。

「私……」

　すべて言ってしまいそうになる。

《私は、記憶をなくす病気なんだって》

「私ね……ホラー映画観てたら怖くなって……眠れなくなっちゃった!」

　……言えなかった。

言えるわけがなかった。
　ユキちゃんの反応が怖くて。
『……だから泣いてるの？』
「うん……だって……クローゼットからゾンビが出てくるかもじゃん……っ……」
『……なんだよ、それ。心配して損した。ゾンビなんていないから早く寝なよ』
　安心したように笑うユキちゃんに胸がチクリと痛む。
　嘘ついちゃった。
「……眠れない……」
　眠れないよ。ユキちゃん。
　怖くて。苦しくて。
　朝起きたらすべて忘れてしまっているような気がして。
　明日が来るのが恐ろしい。
　ユキちゃん助けてよ。気づいてよ。
『……じゃあ、乙葉が寝るまで起きてるから。電話このままにしながら寝なよ。乙葉が寝たら俺から切るよ。それなら眠れそう？』
「うん……」
　ユキちゃんは電話越しで、ずっとたわいない話をしてくれた。
　そんな温かな優しさに、また涙が止まらなくて。
　我慢できなくなった私は寝たふりをした。
　ユキちゃんの『おやすみ』を最後に電話が切れると声を出して泣いた。

ユキちゃん。どうしよ。
私、記憶がなくなっちゃうんだよ……。
私はユキちゃんのことも忘れちゃうんだよ。
信じられる？
私はどうなるの？
ねぇ、ユキちゃん。
私はいったいどうやって生きていけばいい——？

焼きつけておこう

　あの日以降、お母さんと私はちがう病院を何軒も回り、同じ検査を繰り返した。
　それでも、結果はどこも一緒だった。
　どこもかしこも、口をそろえて同じ病名を告げてくる。
　今日も、同じ病名を告げられ家に帰ってきた。
「乙葉……となり町の病院に行ってみようか……」
「もう、いいよ……」
　車を運転するお母さんのとなりで、私は流れる景色を見ながらぽつりとつぶやく。
「もういいんだよ」
　まだ、受けとめることはできないけど。
　まだ、前に進む勇気はないけど。
　それでも、嫌でも……私はこの病気を抱えて生きていかなくちゃならないんだ。
　それは勇気なんかじゃない。ただのあきらめ。
「何回やっても同じだよ……」
　だって、検査結果はまちがってなんかいないんだ。
　本当はお母さんもわかっているんでしょ？
　けど、お母さんはまだ心のどこかでは受けとめられずにいるんだよね。
　私もだよ。
　夢であってほしい。

まちがいであってほしい。

何度も、何度も願ったの。

けれど、現実というものは残酷で。

人ひとりが願ったところでなにも変わらないんだね。

この広い世界の中では、ちっぽけな存在の私の叫びなんか誰にも届かない。

「お母さん……私今日の夜オムライス食べたい」

いまは話をそらすためにこんなことしか言えない。

お母さんを安心させてあげられるような言葉が浮かばない。

だから、せめて笑ってみせた。

「……うん。食べよっか」

すると、お母さんもニコッと笑いそれ以上病院の話はしなかった。

家の前に着くと私は、車を降りようとしたけど鍵を開けても開かない。

「お母さん……。ドア開かない……」

「乙葉、それ押すんだよ……」

「え？」

そう言われ、自分の手もとを見る。

私はドアを引いていた。

何十回、何百回……何千回とこのドアを開けてきたのに……。

なんで、こんなことまで……。

「乙葉……」

「あはは！　冗談だよ！　冗談！　先家に戻ってるね！」

　私はとっさに笑うと、先に車を降り逃げるように家の中に入った。

　お母さんの前では笑っていたい。

　だって、お母さんは私に涙を見せようとしないでいるから。

　それなのに、娘の私が泣くわけにはいかないでしょう？

　でも、きっといま、車の中でお母さんはひとりきりで泣いているよね。

　私の見えないところでお母さんは泣いているよね。

　どう転んだって私はお母さんを泣かせてしまうんだ。

　こんな娘……自分でも嫌になっちゃう。

　病気を宣告されたあの日から1ヶ月が過ぎた。

　私の症状は速いスピードで進んでいる。

　先生からも進行がかなり早いと言われた。

　さっそく始めたリハビリや薬は効果があるのかどうかはわからない。

　いや、効果なんてないんじゃないかと思う。

　だって、簡単なことがわからなかったり、できなかったり。その繰り返し。

　たとえば、マヨネーズとケチャップのちがいがわからなくなる。

　おつりの計算ができなくなる。

　ドアは押すのか引くのか。

　今日は何年の何月何日か。

すぐに思い出せることもあれば、思い出せないこともある。
　まるで、自分の脳が幼稚化しているような感覚に支配される。
　その瞬間、とてつもなく怖くなって。
　あぁ、私はこうやって一つひとつ忘れていくんだと。
　いずれ自分のことさえ忘れて、自分が自分じゃなくなって。
　自分が病気であることも忘れてしまい、生きている意味をなくす。
　ただ、私はユキちゃんと咲のことだけは忘れたくない。
　ふたりの笑顔とか、声とか、名前とか。
　仕草とか、癖とか、寝顔とか。
　特技とか、怒った顔とか、照れた顔とか。
　どれひとつ忘れたくない。
　どれひとつなくしたくない。
　わかってるよ。
　そんなのは叶わないってことくらい。
　それでも私は願ってしまうんだ。
　忘れたくない。という願い。
　忘れてしまう。という現実。
　なんで、私なの？
　星の数ほどいる人の中で。
　悪事を働きのうのうと生きている人がいる中で。
　神様はなぜ私を選んだの？
　答えは深い闇の中で。
　自分のすべての記憶がなくなってしまう。

そんな未来を想像すると「死んだほうが楽なんじゃないか」ってふと思ってしまう自分がいて、あぁ、私はなんて弱い人間なんだろうと自分を責めては自己嫌悪に陥る。
　でもね。
　いま、この世界には生きたくても生きられない人がたくさんいるとそう言われたって。
　いまこの瞬間において。
　私にとって。
　一番の不幸者は私なんだ──。

　5月下旬。
　私は相変わらず病気のことはユキちゃんや咲には告げられずにいた。
　ふたりに悟られないよう必死に笑って。
　お母さんを泣かせまいと必死に笑って。
　正直、疲れちゃった。
「乙葉、なんで怒ってんだよ」
「別に怒ってないよ」
　朝っぱらからげた箱で始まる私とユキちゃんのケンカ。
　最近、私とユキちゃんのケンカが絶えなくなった。
　そんな私たちを横目で見ながら通りすぎてゆく生徒たち。
　それもそうだ。
　私とユキちゃんは学校ではちょっとした有名人だから。
　私がいつもユキちゃんにべったりで、校内一仲のいいカップルだって。

去年の文化祭ではベストカップルにも選ばれた。
　自慢だった。うれしかった。
　けど、いまはそれさえも窮屈で。
「怒ってんじゃん。なにかあるなら言……」
「うるさいなぁ!!　怒ってないって言ってんじゃん!」
　心の通わないやり取り。
　まるで、指先から幸せがすりぬけていくよう。
　私はユキちゃんの言葉を遮り手を払いのけると、ローファーから上履きに履きかえる。
　不安や、恐怖。孤独や、絶望。
　それがイライラへと変わり、私が一方的に不機嫌になってしまう。
　こんなこと、したくない。
「……ごめん。しつこかった」
　ちがう。
　ユキちゃんが悪いんじゃない。
　ユキちゃんはなにも悪くない。
　ただ、私が弱いだけなの。
「……今日は一緒に帰らない？」
　私はその質問に少し間を置き、うつむきながらコクリとうなずく。
「……そっか。じゃあ、迎えに行かないから。気をつけて帰るんだよ」
　ユキちゃんは優しく笑って私の頭に大きな手をぽんと置くと、ひとりで階段を上ってゆく。

私はなにをしているんだろう。
　こんなのただのやつあたりだ。
『ユキちゃん助けて』
　このひと言が言えないの。
　だって、記憶をなくす病気なんて知ったら……。
　きっと私のこと嫌いになっちゃうでしょう？
　こんな私みじめでしょ？
　いらなくなっちゃうでしょ？
　そんなのつらすぎる。
　ユキちゃんには嫌われたくない。
　たとえ、世界中の人に嫌われてもユキちゃんにだけは嫌われたくない。
「乙葉、どうしたの？　浮かない顔して」
　教室に入りざわつくクラスメートを避けるかのようにひとりぽつんと座っていると、咲がやってきた。
　私の大好きな咲のニコニコ笑ったかわいい顔。
　いつも咲の顔を見ていたら嫌なことだって忘れられた。
　けど、いまはちがう。
　消えない。もうずっと消えないの。
　深い深い不安が。
「別に……」
「さてはユキとケンカした？」
　いまは、放っておいてよ。
　私のことなんか。
　人の気も知らないで、そんなに聞いてこないでよ。

「なんでもないよ。うるさいな」
　私はバサバサと髪をかきながら咲をにらむ。
　またださ。また私はこんなやつあたりをしてしまう。
「あ……。ごめん」
「……ううん。私のほうこそごめんね」
　咲はちょっと驚いた顔をしたあとに、申し訳なさそうに謝る。
　最低だ私。咲にまでやつあたりしてる。
　こんな自分が嫌だ。
「乙葉……？」
「……っ……」
　私はいても立ってもいられなくなりとっさに立ちあがると、教室を飛び出す。
　ホームルームが始まるチャイムが鳴ったのにもかかわらず、廊下を走った。
「おい。三浦どこ行くんだ？　ホームルーム始まるぞ」
「……っ」
「あ、おい！」
　途中、すれちがったニッシーの制止も無視する。
　嫌だ。嫌だ。嫌だ。
　こんなの嫌だ。
　病気は私を最低な人間へと変えてしまう。
　誰も傷つけたくなんかないのに。
「もう……なんで……」
　もっともっと笑っていたいのに。

「なんで、私なの……っ……!!」
　もっともっと笑えるはずなのに。
　私は中庭までやってくると隅っこでしゃがみこみ、両手で口を押さえ泣いた。
　ポロポロと涙がとめどなくあふれる。
　誰かお願い……。
　お願いだからこの涙を止める方法を教えてよ……。

　放課後はひとりきりだった。
　ユキちゃんは朝、言っていた通り迎えには来なかった。
　きっと、私に気を遣ってくれたんだと思う。
　自分で「帰らない」と言ったくせに、いつもとなりにいるユキちゃんがいないだけですごく寂しい。
　とぼとぼとした足取りは重くなる。
　すれちがう人は私とは対照的にみんな笑っていて。
　うらやましいなんてそんなことまで思ってしまう。
　……今日はもう帰って寝よう。
　そう思ったときだった。
「あれ……」
　ここ、どこだっけ？
　突然、いま自分がいる場所がわからなくなった。
　毎日通る道なのに。
　自分の家がわからない。
　どうやって帰ったらいいのかわからない。
　わからないよ……。怖いよ。

私は、迷子になった小さな子どものようにその場にしゃがみこむ。
　そして、スマホでお母さんに電話をかける。
「お母さん……っ……」
『乙葉？　どうしたの？』
　お母さん……。
　お母さん……。
　どうしよう。私……。
「あはは……。お母さん……私ね、迷子になっちゃったみたい……っ……」
　いま、ちゃんと笑えてるかな？
　頬を伝う涙と、無理やり浮かべる作り笑い。
『乙葉……。だ、大丈夫だよ。乙葉！　お母さんがすぐ迎えに行くからね。乙葉の近くなにがある？』
「花屋と本屋……」
『おっけ！　わかったよ！　すぐ行くからね！』
　きっとかなり動揺してる。
　でも、お母さんは動揺を隠し、私を安心させるかのように笑う。
　通話が切れると、私はその場から動かずにお母さんを待った。
　まるで、異世界にでもいる気分で怖くて震えが止まらない。
　お母さんは車ですぐにやってきた。
「乙葉。遅くなってごめんね。帰ろっか。一緒に」
　うずくまる私に手を差しのべるお母さんは、病気のこと

は口にしない。
「乙葉。ごめんね。乙葉はいつもユキ君と登下校してたから大丈夫だと思ってた。これからひとりで登下校するときは、お母さんが送り迎えするから」
　運転しながらお母さんが言う。
「うん……」
「乙葉大丈夫だって！　ちょっと忘れちゃっただけじゃない！」
　母親は強い。
　娘の前では弱いところは見せようとしない。
　私知ってるよ。
　夜中に、声を殺して泣いていることも。
　医学書を読みあさっていることも。
　本当はまだ私が病気なんだって信じられないことも。
　昨日も泣いたんでしょ？
　目腫れてるもん。
　それでも、お母さんは私より強くあろうとしてる。
　母親ってすごいんだね。
　焼きつけておこう。
　しっかり見ておこう。
　これが母親という存在なんだって。
　忘れないように。
　これが私の母親なんだって。
　一生胸を張れるように。

次の日になると、ユキちゃんがいつも通り迎えに来た。
　昨日あんなやつあたりしちゃったのに「乙葉、おはよ」って何事もなかったかのように接してくれる。
「ユキちゃんごめんね……。昨日」
「なんだよ。いまさら。乙葉の自己中さはいまに始まったことじゃないだろ？」
「な、なにそれー。ひどいよ」
　ハハっと笑うユキちゃん。
　胸がチクリと痛む。
　ごめんね。こんな彼女で。
　ごめんね。大事なことなにひとつ言えなくて。
　学校に着くと咲もいつも通りで。
　たくさん話しかけてくれて。
　お腹が痛くなるほど笑わせてくれて。
　ふたりが大好きで大切で。
　だからこそ離れてゆくのが怖くなる。
「ねぇ、乙葉」
「ん？」
　３限目の授業中。
　私たちのクラスは先生の出張で自習になった。
　真面目に勉強をするはずもなくガヤガヤと騒がしい教室。
　私も出された課題には手を出さず、さっきからずっと咲とおしゃべり。
「ユキのクラス、いま体育じゃん？　いまって男子はバスケじゃん？」

「それがどうしたの？」
「こっそり見に行かない？」
　いたずらっ子のような咲の笑み。
「ダ、ダメだよ！　そんなのばれたら反省文だよ！」
　自習とはいえ仮にも授業中なのに、それを抜け出すなんて。
「バカだなー。反省文が嫌ならばれなきゃいいんじゃん？」
　な、なにそれ。
「ほら、行くよ」
「あ、待って！」
　咲は無理やり私の手をつかむとこそっと教室を抜け出した。
　コソコソと泥棒みたいに廊下を歩き、体育館へと向かう。
　体育館ではユキちゃんのクラスがバスケをしていて、いまは小さなコートで練習試合みたいなものをしていた。
　私と咲は体育館の扉を少し開け、こそっと顔を出し中をのぞく。
　キュッキュッと鳴る体育館の床。
　ただの授業なのにみんな結構本気。
　男の子はこういうの燃えるんだね。
　みんなかっこいい。
　でもその中でダントツかっこいいのは……。
「咲！　見て！　見て！　ユキちゃんが走ってる！」
　ユキちゃんだ。
　仲間からボールを受け取ると、すかさずマークされるもすばやく相手をかわしゴールまで一直線。

そして、余裕しゃくしゃくに華麗にシュートを決める。
　──ピピーー!!
「俺らの勝ち」
　試合終了の合図とともに、子どもみたいにうれしそうに笑うユキちゃん。
「ユキちゃん、かわいい……。かっこいい……」
　私はそんなユキちゃんを見て思わず両手で口を押さえた。
　試合は、ユキちゃんの最後のシュートのおかげで、僅差でユキちゃんのチームが勝った。
　私は覚えている。この光景を。
　２年前、ユキちゃんを好きだと確信したときも見た。
　あのときも、いまみたいにユキちゃんはキラキラしてたよね。
「さすがユキ！　ユキと同じチームだと絶対勝つな！」
「またお前に点入れられた！　悔しい！　まじで！」
　たくさんの友達に囲まれ無邪気に笑うユキちゃん。
　みんなの人気者。
　そんなユキちゃんに恋をした。
　だけどいまはなんだかちょっぴり寂しい。
　ユキちゃんが遠い存在になってしまったような気がして。
　なんでかな？　私が病気だから？
　チームが入れかわりユキちゃんは休憩に入ると、友達と談笑し始めた。
「ユキちゃんかっこよかった……」
「そればかりじゃん」

「だって、かっこいいんだもん」
　のろけみたいな発言をしながら思わずフフっとあふれる笑み。
「どうせユキしか見てなかったでしょ？」
「あは。ばれた？」
　私と咲はケラケラと笑う。
「まじで、ユキちゃんラブじゃん」
「あたり前じゃん。大好きだもん」
　と、そんなことをしていると……。
「なにが大好きなの？」
「……!?」
　突然、後ろから声がした。
　びっくりして肩が揺れる。
　後ろを振り向くと真後ろにはユキちゃんの姿。
　い、いつの間に……。
「……なにしてんだよ。授業は？」
「ユキちゃん、めっちゃかっこよかったよ！」
「うん。ありがとう。授業は？　抜けてきたの？」
　試合のせいで少し乱れた髪も。
　ちょっとあきれた顔も。
　その全部がかっこいい。
　ちなみにニッシーは私たちには気づいていない。
　本物の試合のごとく「走れ！」とか「シュート決めろ！」とか熱心に叫んでいる。
　ユキちゃんはニッシーに見えないよう体育館の扉を少し

閉めると、しゃがみこむ。
「で、授業はどうしたの？　お嬢さん方」
「んー？　なんかね、この子がどーしてもユキを見たいって言うから仕方なく？」
「な!?　なにそれ！　言ってないし！　咲が言ったんじゃん！　無理やり連れてきたんじゃん！　どうせ咲がサボりたかっただけでしょ！」
　私は慌てて咲の言葉を否定する。
「はは。なんだそれ。自由すぎ」
「乙葉、ユキちゃんかっこいいとしか言わないんだよ」
「へぇ」
　私の話なんか聞かずに勝手に話を進めるふたり。
「……そんなにかっこよかったの？」
　ユキちゃんが私の顔にかかった髪をしなやかな指でそっとどけ顔をのぞきこんでくる。
　なぜか、こんなことでドキッと鳴る胸。
　ユキちゃんといるといちいち胸がドキドキしてしまう。
「うん……。かっこよかったよ……」
　私がコクリとうなずくと、咲が「こら、のろけんな！」と笑った。
　と、そんなやり取りの最中……。
「こらー！　一ノ瀬お前なにサボってんだ!!」
　突然、バンッ！と開く体育館のドア。
　そこにはニッシーの姿。
　見つかってしまった……。

「ゲッ……」
　私と咲とニッシーの目が合う。
「お、お、お前らまでなんでここにいるんだ!?　授業はどうしたんだよ!!　まさか抜け出してきたのか!?　お前ら全員反省文書け!!」
　ニッシー……。めずらしく怒ってる……。
　まぁ、授業を抜け出してきちゃったんだからあたり前だけど。
「えー。やだぁー。ニッシーごめんなさい！」
「反省文だけはご勘弁を!!」
　私と咲はとっさに顔の前で手を合わせニッシーに謝った。
　反省文だけは勘弁だ。
　と、そう思っていると……。
「神崎、乙葉。逃げればいいじゃん」
「へ？」
「あ、ちょっ……！」
　なんと、ユキちゃんが私の手を握り走り出したのだ。
　私もとっさに咲の手を握る。
「あ、おい、こら!!　一ノ瀬バカか!!　なにが逃げればいいだ!!　いいわけないだろ!!　逃げるな！」
　授業中の廊下をユキちゃんと私と咲の３人で手をつなぎドタバタと騒がしく駆け回る。
　その少し後ろを怒りながら追ってくるニッシー。
　こんなこと、初めてだ。
「あはは！　ユキなんで走り出してんの!!」

「え、なんでだろ。わかんない。反射的に？」
「ニッシーしつこいよー!!」
　追われてるというのに楽しそうに笑う私たち。
　授業中に廊下を走りまわるなんてなんだか不思議な気分。
「待て！　お前ら!!」
　教室にいる人たちが「何事？」と言わんばかりに騒がしい廊下に視線を向ける。
　広い校舎内をぐるぐる回り、飛びこんだのは屋上だった。
　ここの高校は朝から昼休みまでなら屋上が開放されているのだ。
「はぁ……。はぁ……。疲れた……。しつこすぎ……」
「もう、私走れない……！」
「私も……っ……」
　みんな疲れてその場にぺたんと座る。
「ていうかさ……？　逃げたって反省文には変わりないじゃん！　それより逃げたほうが反省文の量増えそう」
「いいじゃん。みんな共犯者ってことで。ね？　乙葉」
　ユキちゃんはいたずらっ子のようにククっと笑う。
　勉強も運動もできちゃうのに、こういうやんちゃなところがギャップなんだ。
「あーでも俺、屋上とかひさびさ入った」
「だねー……」
「風、気持ちいい……」
　私たち、３人は横に並び大きな空を見上げた。
　空ってこんなに広かったんだ……。

「あー。走ったらお腹すいちゃったー」
　私の右側で咲が大の字に寝転ぶ。
「眠い……。4限の世界史めんどくさい……」
　私の左側でユキちゃんが頭の後ろで腕を組み寝転ぶ。
「おーとーは」
「ん？」
「こーこ」
　ポンポンと地面を叩くユキちゃん。
「乙葉もおいで」
「うん！」
　私は飛びつくようにユキちゃんのすぐとなりに寝転び空を見上げた。
「あの雲、綿菓子みたい。おいしそー」
　咲が大きな雲を指さす。
　その雲は本当に綿菓子みたいにふわふわしてて、おいしそうに見えてしまう。
「本当だ！　ユキちゃんあの雲取ってきて！　食べたい！」
「いや、無理だよ。普通に考えて」
　すみきった空に、私たちの笑い声が響いてゆく。
　心地よい風が髪をくすぐる。
　右側を向けば、大切な友達。
　左側を向けば、大切な恋人(こいびと)。
　私は大切なふたりに挟(はさ)まれながらそっと目を閉じた。
　思い出す。
　思い出せる。

まだ、思い出せる。
　さらにぎゅっと強く目を閉じる。
　しっかりと、焼きつけておこう。
　お母さんの強さも。
　ユキちゃんのバスケをする姿も。
　こんなふうにニッシーを怒らせたことも。
　この空の色も。
　こうして3人で笑いあってる時間も。
　全部焼きつけておこう。
　忘れそうになっても、もう一度思い出せるように。
　消えないように。
　消さないように。
　いまだけは病気のことも忘れられる。
　まるで、病気を宣告される前に戻った気分。
　突然、不機嫌になってごめんね。
　いつも通り接してくれてありがとう。
　ふたりは聞いてくれる……？
　私の抱えるもの。
　離れないでいてくれる？
「咲、ユキちゃん……」
「なにー？」
「ん？」
　好きでいてくれる？
　たとえ、真実を知っても。
　変わらないでいてくれますか？

「ふたりとも大好きだー!!」
　私は空に向かって叫ぶ。
「あははー。いきなりなに？　声大きいし！」
　言うよ。
　私、ふたりに言うから。
　私の病気のこと知ってほしいから。
　たしかにそう、思ったんだ。
　このときまでは——。

君よ、幸せになれ

 今日はリハビリの日。
 リハビリは基本毎週日曜日にあって、私は今日もお母さんと病院へ来ていた。
「それじゃあ、今日は昨日食べた夜ごはんを思い出すところからしてみようか」
 先生のその言葉に私は、「うーん」と頭をひねらせる。
 昨日食べた夜ごはん……。
 えっと……昨日は……。
 ゆっくりと、一つひとつ思い出してゆく。
 お母さんと買い物に行き。
 ジャガイモと人参と玉ねぎを買って。
 お母さんとふたりで作ったのは……。
「カレー……カレー!」
 ぽつりぽつりと浮かぶ記憶をつなぎあわせ答えを導く。
 私の答えに先生がお母さんに視線をやると、お母さんは「そうです」と少し笑って答えた。
 よかった……。合ってた。
 私はホッと胸をなでおろす。
「よし、じゃあ次は……」
 自分の名前を漢字で書く。
 昨日の日付を思い出す。
 簡単な計算をする。

リハビリは本当にとても簡単なこと。
でも、そんな簡単なことを重ねることで病気の進行を遅らせることができるという。
大丈夫。
今日の私は全部思い出せた。
全部やれた。
たったそれだけのことがどれだけうれしいか。
病気は治るわけじゃないけど、いまならこのリハビリにも意味があるとそう思える。
リハビリのある日は、ユキちゃんたちに遊びに誘われても、適当な理由をつけては断って、病気やリハビリのことは隠していたけれど。
いまならユキちゃんや咲に病気のことを言えるような気がする。
私は記憶をなくす病気なんだって。
でも、リハビリを頑張って、少しでも病気の進行を遅らせる努力をしてるんだって。
私、頑張るから。
ふたりがいるなら頑張れるから。
だから、こんな私を受けいれてくれる？って。
ほんの少しの奇跡を一緒に信じてくれる？って。
そう思っていた矢先だった。
1週間後の日曜日。
今日もいつも通りリハビリをしに病院へ向かったときのこと。

お母さんが駐車場の空きを探している間に、受付を済ませておこうと、ひとり歩いていると、病院の入り口の前でひとりの女性がしゃがみこんでいた。
「どうしたんですか……？　具合悪いんですか？」
　心配になって私はとっさに駆けより、そっと女の人の顔をのぞきこむ。
「ごめんなさいね……。ちょっと……」
　そっと顔を上げる女の人の目は真っ赤で。
　笑った顔は悲痛な面持ちで。
「なにかあったんですか……？」
「娘がね、記憶をなくす病気で……」
「え……」
　それって、私と同じ病気……？
「とうとう私の顔まで忘れちゃったみたいで……。覚悟していたはずなのに……。つらくって……。診察室飛び出しちゃったの。本当、ダメな母親よね……っ……」
　その言葉にドクンと胸が脈を打つ。
「やだ、私ったらこんなこと話してしまって……。ごめんなさいね……」
「いえ……」
　ねぇ……もしも……。
　もしもさ。
　私がユキちゃんや咲の顔を忘れたらふたりもこんなふうに泣いたりするの？
　こんなふうに胸を痛めたり、苦しんだりするの？

私がふたりに病気のことを言えなかったのは、ただこの病気を受けいれてもらえるのか怖いからってだけで。
　考えたことなかったよ。
　私の記憶がなくなってしまったら、涙を流す人がいることに。
　拒絶されたらどうしようとか。
　嫌われたらどうしようとか。
　自分のことだけしか考えていなかった。
　私のこの病気は大切な人を傷つけてしまうの？
　手足が震えて、呼吸がうまくできない。
　あぁ、ダメだな。私⋯⋯。
　ふたりに真実を話すって決めたくせにここに来て怖くなってる。
　忘れたくないとか、忘れてしまうとかそんなんじゃなくて。
　もっと根本的で。
　私の病気は、周りの人を不幸にしてしまう。
　こんな大事なことなのに、どうしてもっと早くに気づけなかったのだろうか。
　私は、ふたりの悲しむ姿を見ながら生きてゆけるほど強い人間じゃない。
　私がそばにいるとふたりを悲しませるというのなら、私はきっとふたりから離れなくちゃならない。
　ふたりは涙なんか流さなくていい。
　悲しい思いなんかしなくていい。
　つらい思いなんかしなくていい。

ただ、幸せであってほしい。

毎日が笑顔でほかの誰よりも幸せになってほしい。

でも、私がいるときっとふたりは幸せになれない。

だって、気づいちゃった。

大切な人に忘れられてしまうというのは、とても酷なことなんだ。

私が忘れてしまうことによって、ユキちゃんと咲が傷つく。

ただ、私がそれに気づかなかっただけなんだ。

ふたりの記憶があるうちに、私がまだふたりを覚えているうちに。

ふたりの幸せを願い私は別れを告げなくちゃならないんだ。

それは逃げる未来に気づいた瞬間だった。

ごめんね。

こんなの、自分勝手だよね。

もうあまり時間がないの。

どうか、こんな弱い私を許して──。

次の日の朝。

家を出るとユキちゃんがいつものように玄関で待っていた。

「おはよ。乙葉。今日は……」

ユキちゃんがね「おはよ」って笑うと今日も１日頑張れる気がしちゃう。

けど、ダメなの。いまは……ダメなの。

私は、ユキちゃんの言葉を無視するとそのまま歩き出した。
「乙葉……？」
「…………」
「乙葉……！」
　先を歩く私の腕をユキちゃんがとっさにつかむ。
「乙葉どうし……」
「離して……」
「え……？」
　別れを告げようと決めたのに。
　ユキちゃんとのあたり前の日常に触れるだけで、こんなにもユキちゃんが愛おしくなってしまう。
　もう、頼むから私の決心を揺るがさないで。
「いいから離して。腕、痛いよ」
「……ごめん」
　パッと離れるユキちゃんの手。
　この間からずっと、ユキちゃんから見た私は急に不機嫌になったり、元に戻ったり。
　恋人を振りまわす嫌な女だよね。
　でも、もうそれでもいいや。
　このままユキちゃんが私のことを嫌いになっちゃえばいい。
　そのほうが、潔く別れを告げられるから。
「先……行ってる……」
　せっかく迎えに来てくれたユキちゃんに見向きもせず、私は早足で学校へと向かった。

ユキちゃんの顔は怖くて見ることができなかった。
　この日からユキちゃんと一緒に登下校をすることはなくなってしまった。
　次の日も、その次の日もこんなことが毎日のように続いた。
　私がこんな態度をとるたびにユキちゃんは不安げな顔をする。
　こんな私、自分から別れを告げる前に嫌われて当然だと思った。
　けど、ユキちゃんはそれでも私を好きでいてくれる。
　登下校時は、私に冷たくあしらわれるとわかっていてもかならず家や教室まで迎えに来てくれて。
　どれだけ突きはなしてもどれだけひどい言葉を吐いてもユキちゃんは、「別れたい」なんて言わなかった。
　私は心のどこかで、ユキちゃんから「別れたい」と言われるのを望んでいる。
　だって、自分から言うのはあまりにも悲しいから。
　私はとてもずるい人間だから。
　それなのにどうしてユキちゃんは、こんな私をまだ好きでいてくれるの？
　「お前みたいな女、もう嫌だ」って突きはなしてよ。
　嫌ってよ。
　こんなことが続いたら、私がつらいじゃない。

　放課後。
「乙葉」

ユキちゃんが今日も教室まで迎えに来る。
　私はそれに対して、いつも通り無言で立ちあがり教室を出ようとしたが、ユキちゃんに「待って」と呼びとめられた。
　思わず私の足がピタリと止まる。
「今日は一緒に帰ろうよ」
　……ほら、また。
　なんで？　どうして？
　どうして、傷ついた顔ひとつも見せないで私に笑ってくれるの？
　ユキちゃんはつらくないの？
　それとも、私が不機嫌なのは自分のせいだってそう思っているの？
「連れていきたいところがあるんだ」
「連れていきたいところ……？」
　ユキちゃんは私の手を握ると歩きだす。
　ひさびさにつないだ手。
　すべてを包みこんでくれるような手の温もりにユキちゃんのとなりを歩きながら涙が出そうになった。
　このつないだ手を離したくない。
　そう思ってしまう自分がいた。
　会話のない、帰り道。
　ユキちゃんはきっと気をきかせて、あえてなにも言葉を発さない。
　ただとなりを歩くユキちゃんはいまなにを思っているの？
「ユキちゃん……」

「うん？」
「連れていきたいところってどこ？」
　私の問いにユキちゃんは小さく笑うと「もうすぐ着くよ」って答えた。
　本当にどこだろう？
　連れていきたいところって。
　不思議に思いながらも、ユキちゃんのとなりを歩いていると、だんだんと潮の香りがしてきた。
　見えてきたのは、大きな大きな海だった。
「海……？」
「下、降りよ」
　ローファーと靴下を脱ぎ階段を下りて砂浜に降りる。
　私たち以外は誰もいなくて、波の押しては引いてゆく音がやけに大きく聞こえる。
　砂浜へ降りると、ユキちゃんが腰を下ろしたので私もそのとなりに腰を下ろした。
「乙葉」
「なに……？」
「ごめん」
　え……？
　どうして謝るの？
「俺、たぶん知らない間に乙葉になにかしたんだよね？ごめん」
　なに、それ……。
　ちがう。ちがうよ。

「俺さ、そういうのうとくて……。なんで乙葉が急に怒ったりするのか考えてもわからない。付き合って1年以上経つのにね。けど、乙葉の俺の嫌なところちゃんと直すから」

やめて。ちがうから。謝らないで。

「だからさ、乙葉……あんまりつらい顔ばかりしないで」

ユキちゃんはやっぱり、私がこうなったのは自分のせいだと責めていた。

いつもそう。

ユキちゃんは私のことばっかりじゃない。

私はなにをしているのだろう。

こんな大切な人に。

「つらい顔なんか、してないよ……」

「してる。前からずっとしてる。いまも」

私のささいな変化に気づいてしまうユキちゃんは、海から私に視線を移す。

「乙葉には絶対に、笑っててほしいから」

やめてよ……。

そんな優しい言葉を言わないで。

胸が痛くなるじゃんか。

離れたくなくなるじゃんか。

「……ないよ。ユキちゃんの嫌いなところなんかひとつもない」

私はうつむきながら心の中でつぶやく。

こんな自分が一番大嫌い、と。

「本当に？」

「うん」
「……そっか」
　ユキちゃんは小さく笑うと、少し目を伏せそうひと言つぶやく。
「この話をするために、私を連れてきたの？」
「あぁ……まぁ、そうだけど……。それだけじゃないよ」
　自分の鞄を開け、そっとなにかを取り出すユキちゃん。
「乙葉」
　そして、私の右手を握るとその薬指にスーッとつける。
「誕生日、おめでとう」
　それは、指輪だった。
　以前、雑誌で見たことがあるものと同じだからすぐにわかった。
　これはペアリング。
　海のキラキラに負けないくらいに輝くシルバーの指輪。
「私の、誕生日……覚えてたの？」
「あたり前じゃん。忘れるわけない」
　優しく小さく笑うユキちゃん。
「乙葉、去年の誕生日のとき、海に来たいって言ってたからどうしても今日連れてきたかった。去年はなにもしてあげられなかったから。覚えてる？」
　覚えてる。
　覚えてるよ。
　まだ忘れていないよ。
　去年の私の誕生日。

ふたりでどこか出かける約束をしたけどユキちゃんがその2日前に、高熱を出してしまった。
　どこにも連れていってあげられなくて、なにもプレゼントできなかったユキちゃんは「来年はなにしてほしい？」って熱で苦しいはずなのにそう聞いてくれたね。
　そこで私は言った。
「海に行きたい。おそろいのものが欲(ほ)しい」って。
　海に行きたいって言ったのは、そのときたまたまテレビで海が舞台のテレビドラマをやっていたのと。
　おそろいのものが欲しいって言ったのは、おそろいのものを持ったことがなかったから。
　そんなささいなことをユキちゃんは覚えていてくれたんだ。
　だから、今日ここに連れてきてくれたんだ。
　小さな小さな約束をユキちゃんは守ってくれた。
　ねぇ、ユキちゃん。
　私ね、きっと忘れちゃうよ。
　ユキちゃんの誕生日も。
　ユキちゃんが指輪をくれたことも。
　ユキちゃんが海へ連れてきてくれたことも。
　全部全部、忘れちゃうんだよ。
　私の記憶の中にはなにも残らないんだよ。
　潮風になびくふたりの髪。
　いま同じ景色を見ていて、いま同じ風が私たちの髪をなびかせる。

そんなどうってことないことが異様に愛おしくて。
ふたりでいま見ているこの風景さえ私は忘れてしまう。
これをなくしたときっと私は耐えられないから。
ユキちゃんに、ずっとずっと笑っていてほしいのは私のほうだから……。
だから
「ありがとう……」
だからさ、ねぇ。ユキちゃん。
もういいから……。
「……でも、受け取れない」
私を、いまここで嫌いになってよ。
私がユキちゃんを手放せなくなる前に。
私が本当のことを告げてしまう前に。
「気に入らなかった……？」
私はユキちゃんの問いに首を横に振る。
うれしいよ。
ユキちゃんがペアリングをくれたことがこんなにもうれしい。
買い物とかあまり好きじゃないのに、きっと私のために色んなお店を回って。
たくさん迷ってこれを選んでくれた。
そんな姿を想像するとたまらなく痛いくらいうれしい。
でも、そんなうれしさだって私の記憶には残らない。
「ユキちゃん、私さ……」
「……ん？」

言わなきゃ。
　いま、ここで言わなきゃ。
　離れなきゃ。
　君の、幸せのために。
「ユキちゃん。私ね、ユキちゃんと別れたいの」
　波の音に負けそうな声でつぶやく。
　口から出るのはすべてが反対言葉。
「乙葉……？　なに言ってるの？」
　ユキちゃんの顔がゆがむ。
　ごめんね。
　ユキちゃん、ごめんね。本当に。
　つらいよね。苦しいよね。ごめんね。
「最近ケンカ、ばかりだったでしょう……？」
　好き。
「……なんかもう、疲れちゃった」
　大好き。
「だって、ユキちゃんったら私のことなんにもわかってくれないもん。私のユキちゃんの嫌いなところを直す？　無理だよ。そんなの」
　大好きなんだよ。
「……だからさ、もう別れてよ」
　愛してるんだよ。
　ズキズキと胸が痛む。
　握りしめた拳が震える。
　ユキちゃんの顔がうまく見れない。

呼吸がうまくできない。

私はいま、うまく笑えてる？

「嘘だよね……？」

ユキちゃんの声がかすかに震える。

「嘘じゃないよ」

私の胸に苦しさが押しよせる。

「乙葉はもう俺のこと……嫌いなの？」

ユキちゃんのつらそうな顔に、

「……嫌いじゃない。けど、もう好きじゃないの」

私は、ここから逃げ出してしまいたくなる。

こんなこと言いたくない。

けど、ユキちゃんが傷つくのはいまだけだから。

この先、私といるほうがユキちゃんは傷つくことになる。

だから、いまだけは傷ついて。

ユキちゃんがこの先、笑っていられるように。

「嫌だよ、そんなの……。そんなこと言われて簡単に納得できるわけ……ないだろ……？」

どうして？

どうして、わかってくれないの？

「俺は乙葉が好きだよ……。なぁ……」

どうして、こんなことを言われても私のことを好きでいてくれるの？

「どうして……！　もう！　どうしてなの!?　どうしてユキちゃんはいつもそうなの!?　どうしてユキちゃんはいつもいつも……」

——どうして、いつもこんなにも愛おしくさせるの？
「いつも私のことをわかってくれないの……？」
「…………」
「私のことが好きなら別れて……。ユキちゃんといても私は笑えない…」
　涙が零れ落ちそうになるのをグッとこらえた。
　ユキちゃんの前では泣きたくない。
　だっていま、ここで私が泣くのはずるすぎる。
「……これ、返すから」
　私は自分の薬指からペアリングをはずすとユキちゃんの手のひらに置いた。
　できることならずっとこの指にはめていたかった。
「乙葉……」
　しばらくの沈黙のあと、ユキちゃんはそっと口を開いた。
「俺たち、もうここで終わりなの……？」
　終わり……そうなのかもしれない。
　私は想像もしなかったよ。
　ユキちゃんとの終わりがこんなひどくつらいものだなんて。
　こんな思いをするくらいなら、私たち出逢わなければよかった。
　ユキちゃんに恋なんかしなければよかった。
「俺はずっと乙葉に無理させてた？　本当ダメだね、俺……。なんか、ひとりでバカみたいだね」
　遠くを見つめながら寂しげに笑うユキちゃん。

「俺はさ……っ……」

そのとき、ユキちゃんの言葉が詰まった。

ユキちゃんの瞳(ひとみ)は油断したらいまにも涙が零れてしまいそうなほどに潤んでいた。

それはユキちゃんにとっても不意なことだった。

「ごめん……っ……。見ないで……。本当、ごめん……。ださいね、俺……。ごめん……」

ユキちゃんはとっさに片手で顔を覆(おお)う。

嫌だ。

私のために泣かないで。

こらえてよ。

お願いだから涙なんか見せないでよ。

「なにやってんだろうな、俺……」

「ユキちゃ……」

「なんとなくそう言われる気、してた。とくに最近はずっと。でも、このまま終わりそうなのが怖くてひとりで必死になってた。本当さ、乙葉の気持ちも知らないで俺ひとりでなにやってんだろうね？　乙葉の気持ちはもうとっくの昔に変わっていたのに。修復なんてできるはずないのに。ごめん。こんなの渡して」

ユキちゃんは苦しそうに、でも必死に笑顔を浮かべる。

ふたりの関係がぎくしゃくしてからずっとユキちゃんは、怖かったんだ。

ずっとずっと不安そうな顔をしていた。

『別れよ』

私にそう言われてしまうことが怖かった。
　私も本当はこんなこと言いたくないよ。
　ずっと一緒にいたいよ。
　いつかユキちゃんと結婚して幸せな家庭を築いて。
　そんな未来はあたり前のようにやってくると思っていた。
　離れたくない。離れたくないよ。
　私もユキちゃんと同じ未来を見ていたいよ。
　泣かないで。
　お願いだから、泣かないで。
「あーあ……。俺、だっさ……」
　返された指輪をユキちゃんはぎゅっと握りしめる。
「……そっか」
　そして、ぽんと私の頭の上に手を置き、クシャクシャッと髪をなでた。
「乙葉がそうしたいなら、俺はそれを受けいれるしかないのかな」
「……っ……」
「いままで無理させてごめんね」
　優しい優しい温もり。
　ユキちゃんは最後の最後まで優しいの。
「俺がいたら乙葉は笑えないとか……そんなの俺が嫌だから」
　ちがう。
　ユキちゃんがいるから、私は笑えるの。
　嫌なことも、悲しいこともすべてすべて笑顔に変えてく

れる。
　それがユキちゃんなの。
　ユキちゃんしかいないの。
　私を笑顔にしてくれる人は。
　ユキちゃんしかいないの。私には。
「……ごめん……っ」
　ユキちゃんはぎゅっと私を抱きしめる。
　ユキちゃんの私を抱きしめる腕が弱々しく震える。
「1分だけ……こうさせて。これで、最後にするから……。まだ、離したくない……」
　ユキちゃん。ユキちゃん。ユキちゃん。
「俺、乙葉のこと嫌いになれそうにない……」
　胸が苦しいよ。
　張りさけそうだよ。
　私だって、抱きしめてあげたい。
　震えるあなたの体を。
『大丈夫。ずっと一緒だよ』
　そう言ってあげたいんだ。
　しばらく私を抱きしめたあとユキちゃんはそっと体を離す。
「バーカ。なんで、乙葉がそんな泣きそうな顔するんだよ。いいんだよ、乙葉は笑ってて」
　優しい。優しすぎるんだよ。ユキちゃんは。
「そのために俺らは別れるんだろ？」
　本当はもっとたくさん伝えたいことがあったのに。

真実を伝えるって決めたはずなのに。
　どうして、私たちに訪れるのは別れなんだろう。
　私がもっと強ければよかったのに。
　私がもっともっともっとユキちゃんを愛してあげたかったのに。
「帰ろ。家まで送るから」
　まるで、まだ離れたくないと言わんばかりにユキちゃんは私を家まで送りとどけてくれた。
　でも、それを悟られないようにユキちゃんは笑うの。
　つながれない手の行き場がない。
「じゃあね、乙葉」
「うん……」
　私の家の前に着くとユキちゃんは小さく笑う。
　そして、そのまま私に背を向けると自分の家へと帰っていく。
　小さくなる大好きな人の背中。
　もう、私の恋人ではなくなる。
　私がそうしたんだ。
「ユキちゃん……待って……」
　触れたい。
　追いかけたい。
「お願い……。待って……」
　手放したくない。
「ユキちゃ、んっ……」
　嫌だ。ひとりじゃ、明日が怖いよ。

いつもみたいに『早くしなよ。チービ！』って振り向いて。
　　　行かないで。
　　　離れないで。
　　　気づいて。
　　　ひとりにしないで。
　　　戻ってきて。
　　　抱きしめて。
　　　お願い。
　　　私の強がりを見抜いて。
　　　好きなの、ユキちゃん——。
「ユキちゃん……。好き……っ……大好きなんだよ……」
　ユキちゃんの背中が見えなくなると、次第にあふれんばかりに涙が零れて。
　地面に涙でシミができる。
「ユキちゃん……!!　戻ってきてよ………！」
「好きだよ」も「愛してるよ」もまだ伝えきれてないのに。
　私からユキちゃんを突きはなしたはずなのに、私の心の中はユキちゃんであふれて消えない。
　ユキちゃんの温もりが、優しさが、笑った顔が、離れていかないの。
　どうせならふたりの思い出ごと持っていってよ。
　どれだけの間玄関の前で泣いていたのかわからない。
　涙が枯れるほど泣いたはずなのに、部屋に戻って飾られたユキちゃんとの写真を見るとまた涙があふれてくる。
『ユキちゃーん。私またビリだったよぉ……』

『じゃあさ、下から数えてみなよ。1番じゃん』
『あ！　たしかに！　ユキちゃん天才！』
　——体育祭。
『ユキちゃん！　見て！　文化祭の衣装！　メイド服なの！』
『あはは。なにそれ。似合わないし』
　——文化祭。
『ユキちゃん！　私沖縄初めて！　海入ろうね！』
『はしゃぎすぎだよ。バカ』
　——修学旅行。
『ユキちゃん見て！　朝起きたらプレゼントが枕もとにあった！　ユキちゃんありがとう！』
『ちがう。それは……俺からじゃなくてサンタからで……』
　——クリスマス。
『1年間ありがとう、ユキちゃん』
『こちらこそ』
　——1年記念日。

　たくさんのユキちゃんとの思い出が、写真とともに鮮明に蘇ってくる。
　写真の中のふたりはこんなにも幸せそうに笑ってるのにね。
　ユキちゃんとの思い出は切ないほどに濃すぎる。
　いつかはすべて消え去ってしまうというのに。
　これが運命だと言うのだろうか？
「ごめんねぇっ……。ユキちゃん……」
　私はその日、泣きながら夜を明かした。

何度も何度もユキちゃんの名前を呼びながら。
　もう二度と抱きしめることのない愛おしい人を想いながら。

　次の日から私は学校を休みがちになった。
　ユキちゃんの顔を見るのが怖くて、咲になにか言われるのが怖くて。
　私は、本当にひとりぼっちになっちゃった。
　もう、死んだほうがきっと楽だ。
　こんなの生きている意味なんてないじゃない。
　私は、ふらりと立ちあがると机の引き出しからカッターナイフを取り出す。
　カチリと刃を出し左手首にグッと押しあてる。
　鋭い痛みとともに、血があふれて。
　そのたびに何度も何度もカッターナイフの刃を押しあてる。
　だけどユキちゃんの傷みはこんなんじゃない。
　もっと深く深く切らなきゃ……。
　そう思うのにできないのはきっと、私が死ぬのを恐れる臆病者(おくびょうもの)だから。
「乙葉！　なにしてるの……！」
　突然、部屋に入ってきたお母さん。
　カッターナイフを握り、腕から血を流す私を見て目を見開き駆けよってきた。
「お母、さん……。私……っ……」

「ちょっと待ってなさい」
　お母さんは部屋を出ると、しばらくして包帯や消毒液を持って戻ってきた。
　そして、なにも言わずに手当てすると私の体を抱きしめた。
「乙葉、つらいね……。苦しいよね……っ……。けど、乙葉……お願いだから、生きて……」
　母親の温もり。悲痛な叫び。
「ねぇ、乙葉……。私ね、乙葉をひとりで育てると決心したとき、誓ったの。乙葉だけは命に代えても守るって。乙葉はお母さんが必ず守るから……。こんなことしないで……」
　そんなお母さんの姿を見ていたら、また涙が止まらなくなった。
　私は気づいたら、幼い子どもみたいにお母さんに抱きついて泣いていた。
「お母さん……私……ユキちゃんに本当のこと言えなかった！　ユキちゃんを傷つけちゃった……！　つらい……つらいよ……！」
「乙葉。大丈夫だから……。乙葉は絶対大丈夫」
　大丈夫。
　私の頭をなでながらそう何度も繰り返す。
　大丈夫なんて、なんて頼りない言葉だろう。
　でも、なぜその言葉に心がほんの少し救われるのだろう。
　あと、どれだけその言葉に頼りながら生きてゆくのだろう？
「乙葉、空見てみて」

お母さんに言われ私はそっと空を見上げる。
　空に広がるのはたくさんの星たち。
「世の中にはね、星の数ほどのたくさんの人がいるの。障がいのある人。乙葉のように記憶をなくす病気の人。今日この世を去る人。今日この世に生まれてきた人。ユキ君のように優しい人。咲ちゃんのように明るい人」
「……うんっ……」
「そうじゃないとこの世界はきっと成り立たないの。乙葉が病気になったことにはきっと大事な意味があるはず。乙葉がいまここで生きていることにも意味がある。それを知る前に死んでしまうなんて、そんなのはあまりにももったいなさすぎるでしょう……？」
　いまここで生きている意味……。
「そんなの綺麗事かもしれない。でもいまは気づけなくても、いつかきっと気づけるはずだから、お母さんと探そう。その生きる意味を。乙葉はひとりじゃないから。ひとりになんてしない」
　どうして……。
「お母さんっ……」
　どうして私は、ひとりだけつらいだなんて思っていたんだろう。
　どうして私は、ひとりぼっちだなんて決めつけたのだろう。
　つらいのは私だけじゃない。
　お母さんもユキちゃんも。
　私のために涙を流してくれる人がいるのに。

私は、ユキちゃんに幸せになってほしいから自ら別れを選んだのに。
　ユキちゃんは、私に笑っていてほしいから私から離れたのに。
　死を選んでいたら意味なんかないじゃない。
　前を向かなきゃ。
　しっかりしなきゃ。
　ちゃんと、生きなきゃ。
　この病気を抱えて。
　お母さんのために。
　ユキちゃんのために。
　でも……じゃあ、どうしたらそれができるのだろう。
　ねぇ、神様。
　あなたはとても残酷な試練を私に与えました。
　きっと私は、何度も立ちどまり何度もつまずくことでしょう。
　それでも、もう死にたいなんて思わない。
　生きるから。
　ちゃんと生きるから。
　だから、お願いです。
　私の最後の記憶をユキちゃんで埋めつくして。
　たとえ、ほかのすべてが消えたとしても最後に見る景色は、ユキちゃんの笑顔であってほしいの。
　私の記憶がすべてなくなってしまうその最後の瞬間まで、彼との記憶を奪わないでください。

その記憶を頼りに私は生きていこうと思うから。
　だって、どうあがいたとしても……結局私には、彼しかいないのです。
　そして、ユキちゃんにありったけの幸せを注いでください。
　たとえ世界中の人が不幸になっても、彼だけは幸せであるようにしてください。
　彼が大切な人と出逢い、彼が幸せに満ちて。
　彼の毎日が笑顔であふれ、彼が悲しみに出会わないように。
　彼だけは、永遠に幸せであるように。
　それから、ユキちゃん。
　病気になったのは誰も悪くないの。
　いまは無理でも私はいつかこの病気と真正面から向きあう。
　私、ひとりでも頑張るから。
　だからユキちゃん、幸せになるんだよ。
　私なんかいなくても、私よりも幸せにならなきゃダメだよ。
　私はユキちゃんのことを忘れたくないけど、ユキちゃんは私なんか忘れて幸せになるんだよ。
　もしも、この別れた道の途中でふたりがばったりと出くわしても、決して立ちどまっちゃダメだよ。
　気づかぬふりをして、ユキちゃんはそのまま私とはちがう道を、ちがう歩幅で進むの。
　私は耐えてみせるから。
　ユキちゃんは振り返っちゃダメだよ。
　幸せな記憶だけ、残して。

新しく出逢う人に、私に受けわたすはずだった愛を注いであげてね。
　ユキちゃんを愛したことを後悔する前にこれだけは言わせて。
　好き。
　今日も、明日も、明後日も。
　ずっと好き。
　私は夜空に向かい願った。
　離れてしまう、大切な人よ。
　君よ、幸せになれ、と――。

優しくしないで

　ユキちゃんと別れてから何日か過ぎた。
　私は以前と変わらず普通に学校に通っている。
　ただ、変わってしまったのはユキちゃんは私のとなりにはいないということ。
　覚悟していても、それだけはやっぱり寂しくて。
　ユキちゃんがいないとなにもできないってそう思っていたけど、私はなんとか生きている。
　ユキちゃんがいなくても私は生きていけるみたい。
　でもね。
　もしかしたら、いま、ユキちゃんのとなりにいる私じゃないほかの誰かがユキちゃんを悲しませているのでは？
　ユキちゃんは、ちゃんと笑えてるかな？
　つらい思いをしていないかな？
　私がいなくても幸せになってくれるかな？
　そんなふうにユキちゃんのことばかり考えてしまう自分がいるの。
　私はもう、あなたの彼女なんかじゃないのに。
「乙葉……ユキと別れたんだって？」
　お昼休み。
　4限目の授業が終わり、教科書を机の中にしまっていると咲が遠慮がちに聞いてきた。
　その言葉に私の手がピタリと止まる。

「え……。なんで知ってるの?」
「あー……まぁ、ユキから聞いて。ユキ、最近元気ないから『どうしたの?』って聞いたら教えてくれた」
「そっか……」
　「別れた」とちゃんとユキちゃんの口からもその言葉が出たんだ。
　これでいいはずなのに、なのにどうして私の胸はチクリと痛む?
「ねぇ、乙葉……。どうしてユキを振ったの?」
　咲も知らない。
　私の病気のことも。
　ユキちゃんと別れた理由も。
　言うつもりもない。
　ううん。言えないよ。そんなこと。
「ただ……お互いの気持ちが違っちゃっただけだよ……。ユキちゃんはなにも悪くない」
「なにそれ……」
　私の言葉に咲は納得できないと言わんばかりの顔をする。
「でも、どんなケンカしたってすぐ仲直りしちゃうのがふたりだったじゃん」
「…………」
「ほかに理由があるんじゃないの……?」
　なんで、そんなに聞くの。
　私たちのことなんだから咲には関係ないじゃん。
「……あったとしても咲には言わない」

「どうして……？　私たち友達じゃないの？」
　悲しそうな咲の瞳。
　あの日、海で別れたときのユキちゃんと同じ瞳をしている。
　私は大切な人を悲しませてばかり。
「じゃあ、友達やめる……？」
「え？」
「秘密のひとつやふたつくらいあったっていいじゃない。全部咲に言わなくちゃダメなの？」
　本当は、聞いてほしいんだよ。
　私の想いを。抱えるものを。
　本音を。全部。
　でも、それを口にしてしまったら私は最後、本当にふたりから離れられなくなる。
「なにそれ……！　ただ、私は乙葉のこと……」
「いいよ。心配しなくたって。だって、咲になにができるの……？」
　バカだなぁ。私。
　どうしてこんなことしか言えないのかな？
『心配してくれてありがとう』
　ただ、これだけ言えたらいいのに。
　思いとは正反対の言葉を、私はあとどれだけ吐き続けなくちゃならないの？
「そんなこと言ってくれなきゃわかんないじゃん！　なんでそんなこと決めつけんの!?」
「だから、言っても無駄なんだってば!!　人の気も知らな

いで何回も聞いてこないでよ!!」
　咲と私の声が教室中に響き、クラスメートの視線がいっきに集まる。
　いつもは姉妹のように仲のいい私たちが、こうして言いあいをしていることを不思議に思っているのだろう。
「ずっと言わなかったけど最近の乙葉おかしいよ!!」
「咲には関係ないでしょ!?　もうなにも聞いてこないでよ!!　咲のそういうところがイラつくんだってなんでわからないの!?」
　もう、戻れない。
　あのころのふたりにはもうきっと戻れないの。
「……だから、友達やめよう……」
　ごめんね、咲。わかって……。
「ならもう、いい。勝手にしなよ」
　しばらくの沈黙のあと、そう言うと私に背を向け教室を出ていく咲。
　その日を境に私と咲の間には溝ができた。
　咲はほかのグループの子たちと行動するようになり、私は教室でひとりぼっち。
　もともと咲は社交的なタイプですっかりグループに溶けこんでいる。
　咲と同じクラスになれたことをあんなにも喜んでいた始業式の日が嘘みたいだね。
　ユキちゃんだけじゃない。
　咲まで遠くなっちゃった。

私は嫌われたくない人にばかり嫌われてしまう。
「……っ……」
　唇を噛みしめながら包帯の巻かれた左手首をグッと握る。
「死にたい」と泣きながら切った左手首。
「生きて」とお母さんが手当てをしてくれた。
　生きなきゃ。
　死にたいくらいつらい思いをしても生きなきゃ。
　そう誓ったんだから。
　死ぬために切ったんじゃない。
　生きるために切ったんだ。
　こんなつらい思いをしながらでも生きていかなくてはならないことにも大事な意味がある。
　そうだよね？
　お母さん……。

　帰りのホームルームの時間。
「お前ら席つけー。いまから、月末に行われる球技大会の役員決めをするぞー」
　ホームルームの時間を使って決める球技大会の役員決め。
　私の通う学校は、6月の終わりごろに球技大会がある。
　その役員はたしか、クラスから2名ずつ。
　仕事内容は、集まりが3、4回と準備と片づけ。
　そんな雑用誰もやりたがらない。
「立候補者は……あー……なし、と」
　ニッシーは誰も手をあげない教室を見渡してため息をつく。

「お前らって本当に俺の期待を裏切らないな？　こんなこともあろうかと、わざわざくじ引き作ってきてよかったわ」

そう言いながら教卓の中から箱を取り出す。

「順に回すからひとり1枚ずつ紙を引いてけよー」

窓際の一番前から回される黒い箱。

みんな「役員なんてめんどくせーよな」なんて言いながら紙を引いていく。

私も自分の席に箱が回ってくると、1枚引いた。

紙を開くと「25」と数字が書かれている。

「全員回った？　んーじゃあ……役員は……いま、適当に思い浮かんだ番号で……19番と25番」

……え？

「おら、19番と25番引いたやつ誰？　手あげろ。文句は受けつけないからな」

25番って私だ。

最悪……。私、役員にあたってしまった。

私がしぶしぶ手をあげると「フッ……三浦あたったか。まぁ、せいぜい頑張れよ」とニッシーが勝ちほこったように笑う。

どうやらこの間、授業を抜け出し逃げまわったことをまだ根に持っているらしい。

聞いた話によると最後の最後に担当教員が教室に戻ってきて、担任のニッシーがこっぴどく怒られたとか……。

天罰（てんばつ）といったところだろうか。

放課後になるとさっそく役員の集まりがあるというので、

私は少し急いで鞄に荷物を詰めてゆく。
　そのとき、咲が私を横切った。
「さっ——」
『咲、また明日ね』
　そう声をかけようとしたがとっさに口を閉じた。
　自分の都合のいいときだけ咲に話しかけるなんて、そんなのずるい。
　私は咲を傷つけた。
　私から咲に「友達をやめる？」って言った。
　だから……。
「咲ー。駅前に新しくできたドーナツ屋行こー」
「行く行く！　おなかすいたー。なに食べようかな〜」
　だから……。
　寂しいなんて、思っちゃいけないんだ。
　たくさんの友達に囲まれ教室を出ていく咲。
　咲のとなりはいつだって私の場所だった。
　咲のとなりで笑うのはいつも私だった。
　けど、いまはちがう。
　咲のとなりはもう、私じゃない。
　咲が教室を出ていく間際、咲と私の目が合う。
「私さ……」
　私になにか言おうとその口が開く。
「咲！　なにしてんの？　早く行くよ〜」
「……あぁ、うん！　いま行く！」
　でも、廊下から友達に呼ばれるとそのままになにも言わず

に行ってしまった。
　しばらくその場から動けず立ちつくしていると「三浦」と同じ役員の男の子に声をかけられた。
「役員、行こ」
「あ、うん……」
　私は我に返ると平静を装いあとを追う。
　役員の集まりは3階の視聴覚室で行われるため階段を上ってゆく。
「めんどくさいな、役員」
「だね」
　そんな会話をしながら視聴覚室に向かうと、まだ鍵が開いておらずそのままその場所で待つことに。
　しばらく待っていると、どこからかなつかしく思える声が聞こえてきた。
「ユキ、災難だったなー。球技大会の役員になるなんて。かわいそうー」
「そう思うのに代わってくれないの？」
　この声はユキちゃん……。
　そう思っていると案の定、ユキちゃんが階段を上ってきた。
　たくさんの友達に囲まれて、ユキちゃんは笑っている。
　よかった……。
　ユキちゃん、ちゃんと笑ってる。
　友達に囲まれて楽しそうに。
　でも、安心とともに、もしかしてユキちゃんと役員同じなの……？

そんな不安もあふれてくる。

　私はとっさに同じ役員の子の後ろに隠れてしまった。

「三浦……？」

　どうしよう……。嫌だな。

　ユキちゃんの顔を見るのが、怖い。

「じゃあ、俺ら部活だから役員頑張ってなー」

「うん」

　友達と別れ、ユキちゃんがこっちにやってくる。

　私の心臓があり得ない速さで鳴る。

「あれ、荒沢(あらさわ)？　荒沢も役員？」

「そう。ユキも？」

「まぁね」

　そんな軽い会話を交わすふたり。

　私はただ後ろでじっと身を潜める。

　でも……。

「……乙葉？」

　ユキちゃんが私に気づく。

　２週間ぶりにユキちゃんが私の名を呼ぶ。

　別れた日から初めて顔を合わす。

　怖い。怖いよ……。

　いまは、ユキちゃんといるのが怖い。

　だって、あんな別れ方をしたあとにどうやって顔を合わせたらいいのかわからない。

「乙葉も球技大会の役員なんだね」

　でも私のそんな不安とは裏腹にいつも通りにユキちゃん

が声をかけてくれる。
　それは友達と話すときと変わりなくて。
「なんか久しぶりだね」
　そんな優しさが痛くて。
「う、うん……。ちょっと体調悪くて……。学校来れなかったの……」
「もう大丈夫なの？」
「大丈夫だよ……」
　別れる前となんら変わりない会話のやり取り。
　ユキちゃん……？
　私のこと避けないの？　ムカつかないの？
　いら立ったりしないの？
　あんな最低な振り方したのに。
　どうしてユキちゃんは変わらないままなの？
　ねぇ、どうして？
　それ以上、ユキちゃんとは会話をすることなく私は黙ってふたりの会話を聞いていた。
「おー。お前ら集まったか。いま鍵開けるからな」
　しばらくすると、球技大会役員のニッシーがやってきて視聴覚室の鍵を開ける。
　そして、クラスごとに席についてゆくとニッシーは名前を確認してゆく。
「ん？　一ノ瀬のクラスはひとりか？」
「あーまだ来な……」
　と、ユキちゃんがそこまで言いかけたとき、勢いよく視

聴覚室のドアが開いた。
「ギリギリセーフ!!」
　あまりの勢いにみんなの視線がドアのほうに集まる。
　飛びこんできたのは、花宮梨香子ちゃんだった。
　梨香子ちゃんはユキちゃんと同じクラスで、背が高くてモデルのように美人な人。
「セーフじゃない。遅刻だ遅刻」
「はーい。ニッシーすみませーん!!」
「お前は本当、変わらないな」
　あきれるニッシーを無視して梨香子ちゃんは適当に返事をするとユキちゃんのとなりに座る。
「花宮、遅い」
「あはは！　ごめん！　友達と話しこんでた！」
　仲よさげなふたり。
　ユキちゃんのとなりに座る梨香子ちゃんはうれしそうに笑っている。
　それもそうだ。
　梨香子ちゃんはユキちゃんのことが好きだから。
　1年のころは梨香子ちゃんと同じクラスでそれなりに仲よかったけど、私とユキちゃんが付き合い始めてから梨香子ちゃんが私を避けるようになったほど。
　梨香子ちゃんは私とユキちゃんが付き合ってからもずっとユキちゃんを想い続けている。
　アプローチが露骨で、梨香子ちゃんのことでユキちゃんとたびたびケンカになったこともある。

梨香子ちゃんは私とユキちゃんが別れたことを知っているのだろうか。

梨香子ちゃんにとって私は邪魔な存在。

もしも、もう破局したことを知ったら……。

ふたりがどこまで仲がいいのかなんて知らないくせに頭の中では被害妄想のようなものが広がる。

梨香子ちゃんとユキちゃんがもしも付き合い始めたら私はそれを祝福できる……？

ううん。きっとできない。

だって、私はまだユキちゃんが好きだから。

……私、全然ダメじゃん。

咲のとなりにも、ユキちゃんのとなりにも私じゃないほかの誰かがいることに、こんなにも傷ついてる。

ユキちゃんには幸せになってほしい。

そう思ったって『梨香子ちゃんと幸せになって』なんてきっと言えない。

結局、私は自分が一番大切なんだ。

私はとことん弱い人間なんだ。

うつむきながらスカートの上で拳を震わす。

ユキちゃんと梨香子ちゃんの話し声が聞こえてくるだけで涙が出そうになる。

私だって、ユキちゃんのとなりにいたい。

笑いあいたい。

でもそんな資格なんてどこにもないじゃない。

役員の集まりは30分ほどで終わり私は筆箱をしまい、立

ちあがるとチラッとユキちゃんのほうへ視線をやった。
　梨香子ちゃんがユキちゃんと腕を組み「一緒に帰ろう」って笑ってる。
　ズキンと胸が痛むんだ。
　ユキちゃんのとなりでちがう女の子が笑っている。
　認めたくない。見たくない。こんな光景。
　私は鞄を抱えると逃げるようにその場を去ろうとした。
　そのとき……。
「乙葉！」
　あえて、ユキちゃんたちには目をやらず視聴覚室を出ようとするとユキちゃんが私を呼びとめた。
　思わず私の足が止まる。
「また、明日」
『また、明日』
　たった、それだけだった。
　たったそれだけの言葉だった。
　でも、たったそれだけの言葉が……どうしようもないくらいに胸を苦しくさせた。
　やっぱりユキちゃんは変わらなかった。
　嫌われる覚悟をしてた。
　避けられる覚悟をしてた。
「あいつは最低な女だ」って言われる覚悟をしてた。
　だけど……。
　だけどね、その変わらない優しさに触れる覚悟なんてしてなかったよ。

ユキちゃんの変わらない優しさがいまはとてもつらいの。
　ユキちゃんの顔は見れない。
　いま、ユキちゃんはどんな顔をしてるのだろう。
　どんな思いでその言葉を口にしたのだろう。
「……っ……」
　私はユキちゃんの言葉に返事をすることなくそのまま視聴覚室を出ていった。
　それからユキちゃんは次の日も、その次の日も変わらず接してくれた。
　廊下ですれちがえば「おはよ」って。
　帰り際に会えば「気をつけて」って。
　そのたびに私は冷たい態度をとり逃げるように避けた。
　触れていたくなかった。
　ユキちゃんの変わらない優しさに。
　本当はわかっていたのかもしれない。
　ユキちゃんが私と別れたくらいで、あんな振り方をしたくらいで、変わってしまうことはないってことを。
　でも、それじゃあ私がユキちゃんと離れた意味がない。
　ユキちゃんには、私のことなんか忘れてほしいのに。
　ユキちゃんの見る景色に私なんか映してほしくないのに。
　私はユキちゃんのそんな優しささえ、いずれ忘れてしまうのに。
　私は……。

　そんな中迎えた、球技大会当日。

役員は球技大会の準備があるため、いつもより早めに登校。
　今日もお母さんに学校の前まで送ってもらった。
「わざわざごめんね、ありがとう」
「帰りも迎えに来るから。球技大会頑張ってね」
「うん」
　お母さんとあいさつを交わし笑顔で別れ、門をくぐる。
　グラウンドにはすでに役員の人たちがいて、私も急いで体操服に着替えると球技大会の準備を始めてゆく。
　準備といっても得点板の設置や、グラウンドに白い線を引いたり、各クラスのパネルを設置するだけだけど。
　当然その中にはユキちゃんもいて。
　ユキちゃんは友達や、梨香子ちゃんと笑いながら準備をしている。
　私はその光景を遠くから見ていることしかできなかった。
　準備が終わるといったん各教室に戻りホームルームが行われ、そのまま室内球技組と屋外球技組に分かれてそれぞれ体育館、グランドへと向かう。
　私は女子サッカーだからグラウンド。咲は女子バスケだから体育館。
　ふたりの行き先はバラバラ。
　競技が始まり盛りあがると、私は楽しそうに笑うみんなから隔離されたかのようにひとり体育座りをして、競技をぼーっと眺めていた。
　去年の球技大会は私と咲は女子サッカーで、ふたりとも運動神経ゼロながらにがむしゃらに走って。

大嫌いな運動でも、咲とならなんだか楽しくて。
オウンゴールなんかしちゃって、それを見ていたユキちゃんに爆笑されて。
ユキちゃんのバスケをする姿にドキドキしちゃって。
真剣(しんけん)に応援して。
『いまのシュート見てた？』ってユキちゃんが子どもみたいに笑うから。
『見てた！　ユキちゃんが一番かっこよかった！』って私が大げさに褒(ほ)めて。
そこには笑顔しかなかった。
ユキちゃんや咲に囲まれて笑っているときが、自分にとってどれだけ楽しくて大切な時間だったかこんなところで思い知らされる。
まだ私の中にはこんなにもふたりの思い出であふれている。
私はきっと、大事なものを知りすぎてしまったんだ。
「三浦さん、次女子サッカーだよ」
「へ？　あ、うん！　ありがとう」
　同じクラスの子に声をかけられ我に返ると、もう自分の競技が始まる寸前。
　私は急いで立ちあがるとすぐに招集(しょうしゅう)場所へと向かった。
　そして、競技が始まってすぐにアクシデントが起きた。
「あ……！　危ない！」
　その声がするほうを見ると、ほかのクラスの子が蹴(け)ったボールが私のほうへ飛んできている。

「……きゃっ!!」
　とっさに避けようとしたが、バランスを崩しその場に倒れてしまう体。
「いたっ……」
　ついひねってしまった足に鈍い痛みが走り顔がゆがむ。
「ご、ごめん……！　大丈夫!?」
「うん！　大丈夫だよ……っ……」
　痛い……。立てない……。
　どうしよう……。
　試合が中断し、いろんな子が心配そうに駆けよってくる。
「三浦、大丈夫か？」
　どこかで見ていたのか同じクラスの男の子が駆けよってくると、心配そうに私の顔をのぞきこんできた。
「あはは……。私、どんくさくて……」
「ねんざしてるかもしれないから、保健室行こう」
　男の子が私の腕を自分の肩にまわし、ゆっくり立ちあがる。
　そのとき……。
　──パシッ。
「触んないで」
　突然、私と男の子が離された。
　代わりにひょいっとお姫様抱っこのように体を持ちあげられた。
　なんで……。
「俺が連れてく」
　なんでユキちゃんが……。

私を持ちあげたのはユキちゃんだった。
「降ろして……」
「…………」
「降ろして……。ユキちゃん……。自分で、歩けるから……」
　ユキちゃんはなにも言わない。
　ただ、前を見て保健室へと向かう。
　代わりに私の肩をつかむその手に少し力が加わる。
　保健室に着くと、中には誰もいなくてユキちゃんは私をベッドに座らせると湿布を探し始めた。
　ふたりきりの空間。
　時計の針が進む音がやけに大きく聞こえて、盛りあがる生徒たちの声がやけに小さく聞こえる。
「くじいたのどっち？」
「ひ、左………」
　ユキちゃんは私の前にひざまずくと左足に湿布を貼ってゆく。
　ねぇ。だから、やめてよ。
　放っておいてよ。
　触れないでよ。
　私はあんな最低な振り方をしたのに。
　私は別れてからもずっと冷たい嫌な態度ばかりとっているのに。
　なんで優しくするの？
「痛くない？　乙葉」
　これ以上優しくしないで。

その声で私の名前を呼ばないで。
「ユキちゃん、どうして……？　どうしてユキちゃんは優しくするの……？　どうしてずっと変わらないの……？　私はユキちゃんに最低なことしたんだよ……？」
　声が震える。
　あなたの優しさが愛おしいと心が叫ぶ。
　でも、それを言葉にしてしまえばなにもかも壊れてしまいそうで。
「……嫌だった」
「…………」
「乙葉がほかの男に触れられるのを見てるのが嫌だった」
　ユキちゃんはそう言ってひと息置くと今度はこう言いだした。
「正直に言うよ。俺、ダメなんだよ……。乙葉から離れようと決めたのに、乙葉はそうしたいはずなのに乙葉を見てると気持ちが、揺らぐ」
　言わないで、そんなこと。
　もう、いいんだって。
　ユキちゃんは私のことを忘れても。
「未練がましいって自分でもそう思う。でもわからないから……。俺のなにがダメだっ……た……？」
　ユキちゃんが私の顔を見上げる。
　その表情に私はなにも言えなくなる。
　ずっとそうだった。
　ユキちゃんが変わらずに接してくれるたびに。

こうして会話を交わすたびに。
止まらないの。
愛おしさがあふれて止まらない。
思わず触れたくなる。
抱きしめたくなる。
「答えて、乙葉……」
震えるあなたの体を、抱きよせたくなる。
だから、お願いだよ。
お願いだからこれ以上優しくなんかしないで。
その優しさに触れているともうなにが正しいのかとか、すべてがわからなくなるから。
ユキちゃんは私のことなんか忘れて、その優しさは私じゃないほかの誰かに受け渡してよ。
私の記憶の中には、ユキちゃんとの幸せな日々だけ残したいの。
そんな切ない顔なんか見たくないの。
ユキちゃんには笑顔が一番似合うから。
「……しないで……。もうこれ以上優しくしないで……。お願い……っ……。ユキちゃんっ……」
「どうして?」
もう、なにも聞いてこないで。
もう、なにも言わせないで。
「……ユキちゃんはモテるんだからもう私なんか忘れてさ、早く彼女作りなよ……。私のために一生を棒にふるつもりなの……? あ、ほら。梨香子ちゃんともいい感じなんじゃ

ないの?」
　だって、ほら。
　いまではもうこんな嘘だって簡単につけてしまうのだから。
「話、そらさないで」
「……っ……」
「俺は、乙葉が俺といると笑えないって言うから別れたんだよ。けど、乙葉全然笑えてないじゃん。いつ見てもつらそうな顔してて。全然、ダメじゃん……」
　ほら、また君はそうやって私の変化にすぐに気づく。
　私はもうユキちゃんの彼女じゃないんだよ。
　別れたじゃん。
　海でふたりは別れたじゃん。
　私たちは終わったじゃん。
　彼氏の役目なんて。
　彼女の特権なんて。
　とうに消えたはずでしょう……?
「俺らは本当に別れないといけなかった……?　本当はもっとちがう理由があったんじゃないの?」
　病気を宣告されたときよりもずっとずっと痛い。
　心が、胸が。
　全部、痛い。
「俺と別れたって乙葉はずっと笑わない」
　真剣な瞳に捕らえられ、私は不自然な作り笑いを浮かべる。
「な、なに言ってるの……。ユキちゃんが見てないだけで

私はちゃんと……」
「じゃあ、これはなに？」
　ユキちゃんが触れる。
　私の左腕の傷に。
　それはあの日、カッターナイフで切ったときにできた無数の傷跡。
　包帯を巻いていると逆に目立つかもしれないと思い服の袖で隠していたのに、不覚にもいま、ジャージの袖をまくってしまっていた。
　傷跡はまだ薄っすら残っていてユキちゃんはそれを見逃さなかった。
　見られた。
　ユキちゃんに見られた。
「触らないで……っ！」
　私は思わずユキちゃんの手を払いのけ左腕を隠す。
「なにかあるんだろ？　だから乙葉はそんな傷自分で作った。俺の知らないところで乙葉はダメになってんじゃん。どうして？」
「…………」
「……乙葉が俺を避けてることは知ってる。けど、せめて友達に戻れない……？　そしたら俺は乙葉の抱えるものくらい聞いてやれるから。そんな傷作るくらいなら俺を頼って」
　友達じゃダメなんだよ。
　甘えてしまうから。頼ってしまうから。

友達なんかの関係じゃ、私はユキちゃんがいま以上に絶対に恋しくなるから。
「そうじゃないと俺は……なんのために乙葉と別れたかわからない……」
　ユキちゃんの顔が苦しそうにゆがむ。
　あぁ、もう。
　どうしてうまくいかないのかな。
　なにもかも。
　私はユキちゃんの幸せをこんなにも願っているというのに。
「……ユキちゃんさぁ、なんでわからないの」
　私はまだ、ユキちゃんの中で最低な人間になりきれていなかったのだろうか。
「……そういうのウザいよ」
　ならば、私は今日ここでユキちゃんがいままで出会った人の中で一番最低な人間になるくらいに。
　もっと……。
「私も正直に言うよ……。私……さ、最近ずっとずっとユキちゃんがウザいって思ってた。ケンカばっかりだったし、私のことわかってくれないし」
　もっと……。
「だから別れたいって言ったんだよ。なのになんで別れてからもそうやって私に関わろうとするの？」
　もっと……。
「この傷はただ、野良猫に引っかかれただけだから。余計

な心配しないで。おせっかいは迷惑、なの」
　もっともっともっと傷つけなくちゃ……。
　ユキちゃんのその、心を。優しさを。愛を。
　ユキちゃんに冷たく突き刺さる言葉の数々。
　私がユキちゃんを振った理由は「私が笑えないから」なんてそんな回りくどい理由じゃなくて。
「ユキちゃんが嫌いだから」そうしてしまえばいい。
　もっと最低な女になってしまえばいい。
「ユキちゃんと付き合ってたのは、ただ誇らしかったから。それだけだよ。だってユキちゃん女の子からモテるしさ」
　こんな簡単なことだったんだ。
「そんな人が彼氏だったら自慢になるじゃん？」
　最低な言葉を吐き続けるのは、こんなにも簡単で
「でも、もう飽きちゃった……ごめんね。それに、私がユキちゃんの彼女になってからどれだけ女の子に妬まれてるか知ってるの？　もう、こりごりなの」
　こんなにも涙が出そうになっちゃうんだね。
「……それがいま、乙葉が俺に言いたかったことなんだ？」
　ユキちゃんがそっと立ちあがる。
「……俺先にグラウンド戻るから」
　そして、私から顔をそむけるとそう言って保健室を出ていった。
　きっと私はもうこれで完璧に嫌われたんだね。
　そう思ったと同時にバクバクと胸が鳴りだして、視界がにじみよく見えない。

雨なんか降ってないのに、ここは室内なのに私の足もとにはぽつぽつとシミができて。
　それが自分の涙だと理解して。
　よかった。
　ユキちゃんの前では泣かずに済んだ。
　これでよかったんだ。
　これで。
　咲もユキちゃんも、とことん私を嫌いになればいいよ。
　これで咲とユキちゃんは、これ以上私に傷つけられることはなくなるんだ。
　3人の道はここでバラバラになったんだ。

　それからどんなふうにして球技大会を終えたのか覚えていない。
　球技大会の片づけのとき、私に向けられるのは遠い場所にいるユキちゃんの背中。
　別れてからもずっと優しくしてくれていたユキちゃんはもう、私の顔を見ようとはしなかった。
　心にポッカリと空いた穴。
　襲うのは虚無感だけ。
「乙葉？　球技大会どうだった？」
　球技大会終了後、迎えに来てくれたお母さんがニコニコと笑いながら聞いてきて私はそっと顔を伏せた。
「……乙葉？」
「お母さん……あのね……」

震える声が私の口から出る。
「ん？　どうしたの？」
　そんな私の様子になにか察したのか、お母さんがそっと私の手に自分の手を添えた。
「ユキちゃんはね、とっても優しいの……」
「うん。知ってるよ」
　お母さんはそっとうなずく。
「この間ね、猫が木から下りられなくなっててさ、ユキちゃん木登りなんかしたことないくせに『余裕だよ』なんて笑って猫助けてた。手から血が出てボロボロになっても」
「はは。すごいね。それは」
「お年寄りにはかならず席を譲るし、不良に絡まれてる子助けちゃうし。いつも自分のことなんかよりも周りの人たちを大切にしてて」
「……うん。ユキ君はそういう子だもんね」
「それからね……こんな私のことをまだ好きだって言ってくれたんだ……っ……」
　こらえきれず涙があふれ両手で顔を覆う。
「優しすぎるんだ、ユキちゃんは……っ……。本当に、優しすぎるの……」
　ユキちゃんを想うとまだ涙が出てくるなんて。
　未練がましいのは私のほうだ。
「でも……子どもっぽい一面もあってね……っ……。激辛なチョコ食べさせてきたり、振った炭酸ジュース飲ませてきたり、顔に雪投げてきたり……」

私が引っかかると楽しそうに笑って。
　私が怒ると「ごめんね」ってまた笑うユキちゃんの顔が浮かぶ。
　私の大好きな笑顔。
「けど、ユキちゃんだったら……許せちゃうの……。だってユキちゃんったら本当にいたずら好きなんだもん……」
「ユキ君はきっと誰にでも好かれる才能があるのね」
　優しいユキちゃん。
　子どもっぽいユキちゃん。
　いたずらをするユキちゃん。
　どんなユキちゃんも好きなのはきっとみんな同じ。
　ユキちゃんはこれからもたくさんの人に囲まれて幸せに暮らしてゆける。
　そしてきっとすぐに私じゃないほかに大切な人ができるはず。
　ユキちゃんと私はもう終わったんだって。
　ユキちゃんの中での私は、最低な元カノだったって受けとめて。
　ちゃんとつかんで。
　私といたら決してつかむことのできないあたり前な幸せを。
　私にはもう、これ以上優しくしないで。

壊れゆく先はいつも君

「乙葉。ちょっといい？」

　球技大会の日から数日が経ち、7月に入ったころ。

　帰りのホームルームが終わり廊下へ出ると、梨香子ちゃんに呼びとめられた。

「すぐに終わるから」

「あ、うん……。いいよ……」

　私が返事をすると梨香子ちゃんはクルリと背を向け廊下を歩いていくので、私も黙って後ろをついていく。

　梨香子ちゃんと会話をするのはいつ以来だろうか。

　私とユキちゃんが付き合い始めてからはもう会話なんかしていない気がする。

　ユキちゃんをずっと思い続ける梨香子ちゃんは、私を敵対視しているから。

「ここでいい？」

　梨香子ちゃんがピタリと止まる。

　連れてこられたのは中庭だった。

　しばらくの間ただよう沈黙。

　暑い日の続く7月には不釣りあいな風がふたりの間を吹きぬけ、かすかに髪が揺れる。

「乙葉はさ、雪斗君と別れたの？」

　なんとなくそう聞かれる気はしてた。

　梨香子ちゃんから話しかけてくるなんて、だいたいこの

くらいの内容しかない。
「私は……」
「乙葉って最低だよね」
「え……」
　梨香子ちゃんは私の声を遮ると、鋭い瞳でにらんできた。
「球技大会の日、私聞いてたんだよね。保健室の前で乙葉と雪斗君の話」
「…………」
「乙葉、あんな理由で雪斗君と付き合ってたわけ？　雪斗君があのあとどれだけつらそうな顔をしてたか知ってる？　平気な顔して無理して笑ってみんなと接してたの知ってるの？」
　そんなこと……言われなくたって私が一番わかってる。
　痛いほどに。
「梨香子ちゃんに私のなにがわかるの……？」
　私も負けじと梨香子ちゃんをにらみ返した。
　私だってあんなこと言いたかったわけじゃない。
　私だって胸が張りさけそうで、苦しくて、つらい。
「梨香子ちゃんは私のこと、なにかひとつでも知ってるの？」
　ほかに正しい答えがあるなら教えてよ。
「……この……!!」
　梨香子ちゃんは私の態度が気に入らなかったのか、勢いよく胸ぐらをつかんできた。
「この際だから言うよ!!　私はね、いつも咲や雪斗君のとなりに居座る乙葉が大嫌いだったの!!」

場所も気にせず大声をあげる梨香子ちゃん。
「中学のとき、咲のとなりにいたのは私だったのに……。雪斗君を先に好きになったのは私だったのに……。乙葉が現れてから全部めちゃくちゃだよ‼」
「…………」
「乙葉がずっと目障りだったの‼　わかる⁉　私の気持ちが‼　それがなに……？　雪斗君と咲に甘えて、振りまわして……。乙葉はふたりを傷つけてるんだよ‼　私はそんな最低な女に負けたわけ⁉」
　梨香子ちゃんのその言葉になにも言えない。
　すべて正しいから。
「私は乙葉みたいな中途半端な気持ちで雪斗君を好きになったわけじゃないし、咲と友達をやってたわけじゃない。今後あのふたりには一切関わらないで。いまからあのふたりのそばにいるのは乙葉じゃない。私だから」
「…………」
「乙葉があのふたりを大事にできないなら、私がもらう」
　パッと離れる手。
　梨香子ちゃんは乱れた髪を直すと、また私の顔をにらんだ。
「黙ってないでなにかあるなら言い返してみれば？」
　私はただ、黙ってうつむき梨香子ちゃんには返事を返さなかった。
　ただ、ひとつ思った。
　もしも、梨香子ちゃんが私と同じ立場になったとしたらどうしただろう、と。

「なにも言わないの？　しょせんはその程度の想いだったってことなんでしょ」
　最後に「バカみたい」と付け足し鼻で笑う梨香子ちゃんが私にくるりと背を向けた。
　そのときだった。
「花宮、こんなところにいたの？　帰るよ」
「帰りはげた箱で待ち合わせって言ったの梨香子じゃん。なんでこんなところに……」
　こんなタイミングで咲とユキちゃんがやってきた。
　ふたりは私に気づくと動きをピタリと止めた。
　私とユキちゃんの目が合う。
　その口から発せられる言葉は……。
「花宮、帰るよ」
　梨香子ちゃんの名前だった。
　ユキちゃんは私から目をそらした。
　まるでそこには私がいないかのように。
　ユキちゃんは私じゃない。
　梨香子ちゃんの名前を呼んだんだ。
　これでいい。
　これは当然な結果。
　なのになんで私の心はこんなに傷ついているのだろう？
　なんで『梨香子ちゃんの名前を呼ばないで』なんて思っているのだろう？
「なに話してたの？」
「なんにもないよ！　帰ろ！」

梨香子ちゃんは何事もなかったかのように私の元を離れ、ユキちゃんたちの元へ駆けよる。
「乙葉……」
「神崎、行くよ」
　なにか言おうと口を開く咲をユキちゃんが引っ張る。
　すると、咲は後ろを気にしながらも「あ、うん」とつぶやくとそのまま背を向けた。
　きっと私はユキちゃんに嫌われたんだ。
　遠くなる3人の背中。
　ユキちゃんと咲の間で、真ん中で笑っているのはもう私じゃない。
　梨香子ちゃん。
　あの場所だけは誰にも譲りたくなかった。
　あの場所だけは手放したくなかった。
　いつだってふたりの間で笑っているのは私だった。
　でも、こうするしかなかった。
　ユキちゃんと咲が笑っていられるように。
　私が最低な人間になるしかなかったんだ。
　ひとり、立ちつくし涙をこらえ空を見上げる。
　いまの私とは反対にすみきったこの空はいつの日かユキちゃんと咲と3人で見た空と同じ色。
　私が先に忘れてしまうのはどっちの感情なのだろうか。
　ユキちゃんたちといたときの「幸せ」な感情？
　それともいまこの瞬間の「苦しい」感情？
　どうせすべて忘れてしまうのならば、同時に消え去って

しまえばいいのに。
　この心ごと引きさいて壊してしまいたい。
　だって、どちらかだけが欠けたらきっと私はもう片方を思い出し泣いてしまうから。
「……っ……」
　あぁ、でも……涙が止まらないや。
　そうだ。
　いまだけ、いまだけ泣こう。
　これで最後の涙にして、私はユキちゃんたちのいない生活を受けいれ生きてゆこう。
　ありがとう。
　ユキちゃん。咲。
　私から離れてくれて。
　どうか……幸せになって。
　私はひとりでも頑張ってゆくから。

「乙葉、まだ寝ないの？」
「うん。もうすぐ期末試験だから」
　あれから、いくつの日が過ぎたのだろう。
　気づいたら1学期も残すところあとわずかとなっている。
　病気を宣告されてから時間が流れるのがすごく早く感じる。
「そう。あまり無理しちゃダメだよ」
「わかってるよ。お母さんも早く寝なね」
　私はいま、期末試験の勉強をしていた。

勉強なんか大嫌いで、試験の前日に慌てて課題をやっているような人間だったのに。

　でも、こうしてなにかに没頭していれば病気のことをほんの少しでも忘れられるような気がする。

　それに、いまの私でいままでの頑張り具合では平均点すら取れないかもしれないから。

　私はまだ、大学へ行くという目標は捨てていない。

　この病気をわずらいながら大学入試に挑むなんて無謀にもほどがあるかもしれない。

　けど、それでも頑張ることはあきらめたくない。

　それは、私と一緒にこの病気と向きあってくれるお母さんのためでもある。

　たったひとりで私を育ててくれるお母さんに、こんな病気をわずらってしまった私が少しでも前向きなところを見せてあげたいから。

　大学へ入学する私を見せてあげたいから。

　あともうひとつは、そうしないとユキちゃんたちに申し訳ないから。

　ユキちゃんたちを傷つけてまでひとりの道を選んだ私が、こんなところで負けていたら意味がない。

　でもさ、なんでだろうね。

　なんでこんなときに思い出すのは……。

『咲～。問10からわかんないんだけど～』

『私に聞くな。私なんて問1からわからんわ』

　咲とするいい加減な受験勉強や。

『ユキちゃん……。もう勉強やだよぉ……』

『今回のテスト平均以下取ったら、俺が課題出すよ』

　少々スパルタなユキちゃんとの試験勉強や。

『乙葉〜。勉強やめてこのイケメン育成アプリやろ〜。イケメン育てよ〜』

『やるやる〜。勉強なんて明日からでいいよ』

『……ふたりともなんのために俺を残らせたわけ？』

　ユキちゃんを怒らせた３人での勉強会なのだろう。

　どうして思い出してしまうのだろう？

　ダメなのに。

　思い出しちゃダメなのに。

　ふたりがいたときのことはもうすべて過去にして、いまはもうひとりで頑張るしかないのだから。

　私は、ふたりとの思い出をかき消すかのように朝まで勉強に励んだ。

　数日後。

　人生で一番と言っても過言ではないほどに猛勉強をし迎えた試験当日。

　問題用紙が配られる。

　今日の科目は国語と数学と地学。

　大丈夫。

　何度も何度も頭に叩きこんだ。

　自分のハンデは誰よりもわかっている。

　だからこそこのクラスで一番頑張って努力したつもり。

きっと、できる。
「それでは始め」
　１限目は国語。
　先生の合図とともに問題用紙を表に向ける。
　でも問題用紙を見たとき私の手がかすかに震えた。
　なんで……どうして……。
　どうして漢字が、読めないの……？
　私が見ているのは、いままで習ってきた漢字やひらがなの羅列。
　でも、ところどころ漢字が読めない。
　どうしても読み方を思い出せない。
　あんなに勉強、したのに……。
　どうしてなにも思い出せないの……？
　結局、その日だけじゃなくて今回の試験はほとんど解けなかった。
　数学も科学も歴史も全部。
　嫌いな教科だって手を抜かなかった。
　あんなにも頑張ったのに。
　つい、昨日覚えたことなのに。
　私の記憶の中にはほとんど残っていなくて。記憶力は低下してゆくだけ。
「三浦。お前一応難関大志望だろ？　ちゃんと勉強してるのか？」
　頑張ったのに。
　なにも知らないくせにそう言われるのが悔しい。

わかってる。
ニッシーは私の病気のことなんか知らない。
進路の心配をしてくれている。
わかってはいても悔しくてたまらなかった。
それでも、私はめげなかった。
リハビリの回数を増やして、自分にできることはなんでもした。
でも、それでも……。
私のそんな努力をあざ笑うかのようにこの記憶力はどんどん低下していったんだ。
ドアは押すのか引くのか。
鍵を閉めたか閉めてないか。
移動教室の場所。
自分の席。
クラスメートの名前。
そのすべてが思い出せなくなる。
できなくなる。
学校や家で日常生活にまで支障をきたしている。
私の病気は確実に速いスピードで進んでいる。
止まらない。
進行が止まらない。
怖い。怖い。
止めて。
誰か止めてよ。
これじゃあ、私はひとりじゃなにもできなくなっちゃ

う……。

「乙葉、先生に相談してみようか」
「相談……？」
　私の様子にお母さんも気づいたのか、お母さんは私の髪をなでながら優しく笑う。
「大丈夫だよ。大丈夫。乙葉の様子を報告するだけだから」
　大丈夫。
　最近お母さんの口からよく聞く言葉。
　なにが大丈夫だというのだろう。
　でも、その言葉は一番の特効薬なのかもしれない。
　終業式を迎えた今日。
　私とお母さんは病院へ来ていた。
「若年性アルツハイマーの進行具合は比較的早いものの個人差がありますが、乙葉さんの場合病気の進行がとくに早いです」
　最近の様子を話すと担当医にそう言われ私は拳を握った。
「試しに聞きますが……。乙葉さん、昨日食べたものひとつでも思い出せますか？」
　……思い出せない。
「この動物の絵。なにかわかりますか？」
　……わからない。
「自分の名前を漢字で書けますか？」
　……書けない。
　全然ダメじゃん……。

なんにもできなくなってる。
頑張っても頑張っても、報われないんだ。
努力は報われるなんてよく言ったもんだ。
そんなのはただの綺麗事なんだって思い知らされる。
どん底へと突き落とされたような気分になってゆく。
怖い。どうしようもなく怖い。
「先生、私ね……っ。頑張ったの……!! 頑張って勉強もして……。時間だって何度も確認して……。教室の場所だって……覚え直し……て……。でも、でも……」
こんな希望のない毎日の中に立たされた私は……。
「忘れちゃうの……っ……!!」
もう、きっと立ちあがれない。
どれだけ頑張っても、頑張っても、頑張っても。
そのすべてがことごとく無駄になってゆく。
本当はわかっていた。
治療法もないこの病気はただ進むだけだってことを。
でも、ほんの少しの奇跡を信じていたかったから。
もしかしたら進行を止められるかもしれない。
なんてほんの少しの奇跡を。
「こんな思いまでして頑張る意味が、ありますか……?」
先生は私の問になにも言えなくなってしまう。
「先生」
そんな私と先生の様子を見ていたお母さんが私をそっと抱きよせながら口を開いた。
「乙葉は……きっとこれからできなくなることが増えると

思います。すでに日常生活に支障をきたしてます。でも、きっとあるはずなんです。乙葉の住みやすい環境が。なにかありますか……？」

お母さんのその問いに先生はひと息置くとこう言った。

「乙葉さんには、施設へ入ることを勧めます」

……施設？

「もちろん、いますぐとは言いません。ふたりでよく話しあってください。ただ、早ければ早いほうがいいでしょう。乙葉さんが住みやすい環境もリハビリ体制も整っています」

施設ってなに？

私、そんなところに入れられるの？

大学は？　行けないの？

高校は？　卒業できないの？

「嫌……。嫌だ……。そんなところ入りたくありません」
「乙葉さん。気持ちはわかります。ただ……」

先生の言葉が頭に入ってこない。

絶対に嫌。施設なんて。

そんなところ入ったら「私は病気です」って言っているようなものじゃない。

「よく相談しあってください」

その言葉を最後に終わった診察。

家へ帰る途中、私とお母さんはなにも言わなかった。

ただ、車のハンドルを握るお母さんの手はかすかに震えていた。

それから夏休みに入り学校へ通わなくなるにつれ、着々と進行してゆく病気。
「お母さん、私の歯ブラシどっち？」
「ピンクのほうだよ」
　こんなことまで忘れて。
「お母さん、なんで起こしてくれなかったの？　学校遅刻するじゃん」
「いまは夏休みでしょ？」
　ひとつずつ。
「なんで私いまリビングに来たんだろう……」
　ひとつずつ。
「冷蔵庫が開かない……」
　ひとつずつ自分にできることが少なくなっていった。

「乙葉……施設に入ろう」
「え」
　お母さんは私をリビングに呼び出すと、もうここでの生活は限界だと言わんばかりに真剣な瞳でそう言った。
「乙葉もわかってるでしょう？　このままじゃ……」
「嫌に決まってるじゃん!!　なんでお母さんまでそんなことを言うの!?」
　私はお母さんの言葉を遮る。
　お母さんの口から『施設に入ろう』と言われるのはなんだかとてもつらかった。
「どうせこんな娘と暮らしてるのが嫌になったんでしょう!?

だからお母さんは私を施設に入れようとするんでしょう!?」
「そんなわけ、ないでしょう……?」
　声を荒(あ)らげる私と声を震わすお母さん。
　このときの私はきっと自分のことしか考えていなかった。
　どんな言葉を吐いたらお母さんを傷つけてしまうのかなんて考えていなかった。
「お母さんが悪いんだよ!!　お母さんがこんなふうに産むから!」
「……っ……」
　お母さんは私のやつあたりにもひどい言葉にもなにも言わない。
　でもその優しさが余計に苦しくて。
「こんな思いするくらいなら生まれなければよかった!!　お母さんも私みたいな親不孝者なんか産まなければよかったって、そう思ってるんでしょう!?」
　私はきっと一番言ってはいけない言葉を吐いてしまった。
「いい加減にしなさい!!」
　──パンッ……!!
　突然頬に走る痛み。
　お母さんが私の頬をぶったんだ。
　頬を押さえるとじんわり熱くほてる。
　初めてお母さんに叩かれた驚きと、頬の痛みが交差する。
　でもきっと、このとき一番痛かったのは……お母さんの心だった。
「お母さんに私のなにがわかるの!?　お母さんなんか大嫌

い!!」
「乙葉!!　待ちなさい!!」
　私はお母さんを押しのけると家を飛び出した。
　外は土砂降りの雨が降っていたけど、傘もささずにひたすら走る。
　走って、走って。
　息が苦しくなっても、転んでも走って。
　感情も音もなにもない無の世界に逃げこみたかった。
「はぁ……はぁ……」
　いったい、どれだけの間走っただろう。
　薄暗い空はすっかり暗くなり、雨はますます勢いを増す。
　いま、自分がいる場所がわからなくて。
　帰る場所も行くあてもわからない。
「ハハッ……」
　思わず乾いた笑いが零れる。
　情けない。みじめ。
　施設へ入ることは拒んでいるくせに、結局ひとりでは家へ帰ることさえできないじゃん。
　私……なんのために生きてるの……？
　私はなんで生きていかなくちゃならないの？
　そっと歩き出す。
　車の通る大通りへ。
　生きると決めたくせに。
　頑張ると決めたくせに。
　私はまた、死ぬことで自分を救おうとしている。

私は弱い人間だから。
　絶望や、孤独などの自分に都合の悪いものだけをはぎ取ろうとしている。
　無理だったんだ。私には。
　この病気を抱え生きていくほど強い人間にはなれなかったんだ。
　私はまた一歩道路へと踏み出す。
　向こうから大型トラックが直進してきて、私の存在に気づいたのか運転手がクラクションを鳴らす。
　頭の中に響くクラクション。
　明るいライトに照らされ目をつぶる。
　こんなときだって目をつぶると思い出すのは、ユキちゃんと咲の笑顔。
　どうせ死ぬならあの柔らかい陽だまりの中がよかった。
　最後に見る景色はこんなトラックじゃなくて、ふたりの笑顔がよかった。
『乙葉』
　瞳の奥の記憶の中でユキちゃんが呼ぶ。
　呼ばないで。
　私の名前を。
　その声だけで私は……やっぱり、死にたくない。
　そう思ってしまうから……。
　だから、もう……。
　——キキーーーーッ!!
　私の瞳に映らないで——。

ぎゅっと目をつぶる。
でも、しばらくしても痛みもなにも感じなかった。
その代わり……。
「乙葉……!!」
「……!?」
後ろから体をぐいっと引きよせられる。
トラックは急ブレーキをかけ対向車線へとはみ出し、私の体は誰かの腕の中に包まれ後ろへと倒れる。
誰……?
私を…こっちへ引きもどしたのは誰……?
「なにやってんだよ……。なぁ……。乙葉……」
「乙葉……あんた……」
そっと振り返ると、そこにいたのはユキちゃんと咲だったんだ。
なんで……。どうしてふたりが……。
私のこと嫌いになったはずなのに。
「バカヤロー!! なに考えてんだ!! あぶねーだろ!! 死にてーのか!!」
「す、すみません……!」
トラックの運転手が窓から顔を出し怒号の声をあげると、咲が代わりに謝る。
あわや大惨事となるところだった元凶の私に「気をつけろ!!」と言い残しトラックは去ってゆく。
「なんで……ふたりが……」
私と同じ傘もささずにびしょ濡れなふたり。

息は切れ、疲れきった表情のふたりの瞳は怒りに満ちていて、そして、なによりも……悲しげで。
「乙葉のお母さんから電話があったの。乙葉が飛び出したきり帰ってこないって」
　咲がそっと口を開く。
　私のことを必死になって探してくれていたとでも言うのだろうか。
「乙葉、帰ろう。家に帰ろう」
　ユキちゃんは私の体を温めるかのようにそっと抱きよせた。
　抱きしめないでよ。
　放っておけばいいじゃない。
　私のことなんて。
　私が死んで喜べばよかったじゃない。
　傷つけても、傷つけても、傷つけても。
　どうしてふたりは……。
「乙葉。俺は乙葉のこと全部知りたいと思う。でも、乙葉が話してくれるまで聞かないから。それでも、俺が守ってあげるから。乙葉になにかあるなら俺が守ってあげるから」
　そんな声で「守ってあげるから」なんてすべて見透かされてるみたい。
　ユキちゃんへ向けたあの言葉は嘘なんだって。
　本当は私になにか抱えているものがあるんだって。
「たとえ、乙葉が俺をもう嫌いになったとしても。付き合った当初から好きじゃなかったとしても。俺がそうじゃない

んだよ」
　どうしてまだそんなことが言えるの……？
　ユキちゃんが私を守る理由なんてもうどこにもないじゃん。
　ふたりは土砂降りの雨に打たれながらも私から視線をそらさなかった。
　いつもそうだった。
　いつだってそうだった。
　悲しみや、孤独や、つらさの先には。
　ボロボロになったいま、私が壊れゆく先には。
　いつも君、だった。
　いつもユキちゃんだった。
　私が頼りたくなるのは、どうしてもユキちゃんたちしかいなかった。
　ふたりの笑顔を思い出すたびに、生きていることが恋しくなってしまうんだ。
　いまだってそう。
　ふたりのそばで私がいま生きていることに本当は安心している。
　吐き出したい。
　頼りたい。
　私をここから救い出してほしい。
「ユキちゃん、私……私……」
　縋(すが)るようにユキちゃんの服の裾をつかみ、救いを求めようと震える声を発する。

私がいま、一番そばにいてほしいのは、私から突きはなしたはずのこのふたり。
『いらない』と投げ返した優しさがいま、欲しくてたまらない。
　聞いてほしい。全部。
　でも、「助けて」のひと言を発しようとすると同時に思い出す。
　あの日、病院で見た光景を。
『とうとう私の顔まで忘れちゃったみたいで……。覚悟していたはずなのに……。つらくって……』
　大事な人に忘れられ、涙を流すあの人の姿を。
　私がもしもいまここで病気であることを告げたら、ふたりは優しいから私のそばにいてくれるだろう。
　私がもしもふたりを忘れてしまってもふたりは私の前では笑っていてくれるだろう。
　私のいないところではあの女性のように、大粒の涙を流して。
　言えない。
　もうなにもない。
　伝えることなんて、できない。
　結局私は告げることができず口を閉じた。
「乙葉……。俺は……っ……」
　そんな私の両腕をユキちゃんはぎゅっと握る。
　でも、その力はどんどん弱くなっていき、するっと手が落ちたと同時にユキちゃんは崩れ落ちた。

「ユキちゃん……？」
「ユキ……‼ だから無理するなって言ったのに……。乙葉、いますぐタクシー呼ぶから！ タクシー呼んで病院に連れていくからユキの体支えてて！」
　……え？ どういうこと？
　どうして？
　混乱する私はただ、目の前で倒れるユキちゃんを見ていることしかできない。
「なにしてんの⁉ ボサッとしてないで早くしなさいよ‼ 大事な人をこんな冷たい地面に寝かせとくつもりなの⁉」
「……っ……」
　咲はしゃがんだままの私の頭をつかむとグイッと上に向け、声を張りあげた。
　私は震える手で、ユキちゃんを抱きかかえる。
　雨に打たれ冷たくて、震えるユキちゃんの体。
　久しぶりに触れたその細い体を私はぎゅっと抱きしめた。
　しばらくしてやってきたタクシーにのせられユキちゃんは病院へと運ばれた。
「肺炎を起こしてますね。おそらく高熱の中雨に長時間打たれたのが原因でしょう」
　先生はそう言うと「また様子を見に来ます」と言い残し病室を出ていった。
　白いベッドで眠るユキちゃんを私は突っ立ったまま見つめる。
　顔色が悪くて、苦しそうに呼吸を繰り返しながら顔をゆ

がめている。

　それなのに私はその手を握ることさえできない。
「ユキ、おとといから39度の高熱を出してたの。でも、乙葉がいなくなったって言うから雨の中飛び出してさ……。本当バカだよね……」

　咲はユキちゃんのとなりにパイプ椅子を置きそっと腰を下ろすとそう言った。

　苦しくて、起きてるのもつらい体を動かして必死に私を探してくれてたの？

　なんで、まだユキちゃんは……。
「雪斗‼」

　ちょうどそのとき、勢いよく病室のドアが開いた。

　入ってきたのは血相を変えたユキちゃんのお母さんと、険しい顔をしたお父さんだった。
「雪斗は大丈夫なの⁉」
「安心してください。いまは少し眠っているだけなので」

　咲が落ち着かせるようにそう言うとユキちゃんのお母さんは安堵のため息を零し、ユキちゃんの目にかかった前髪をそっとよけた。
「雪斗、ずっと熱が下がらなくて……。今日だって40度近くまで熱があったのに、こんな雨の中家を飛び出して……。どうしてなの……？」

　ユキちゃんのお母さんが声を震わす。

　大事な息子が高熱を出しているのにも関わらず大雨の中外へ飛び出して、あげくの果てには下手したら命にも関わ

るような肺炎を引きおこして。
　こんな苦しそうに眠る姿を見せられて。
　どれほど心配だっただろう。
　どれほどつらいだろう。
　私はどう謝っていいのかわからない。
「聞いたところによると、君が関係しているそうじゃないか」
　しばらく流れる沈黙。
　その沈黙を破るかのように、ユキちゃんのお父さんは私の顔を見ながら口を開いた。
「悪いが雪斗はいま、受験生なんだ。これ以上振りまわさないでくれ」
　ユキちゃんのことよりも、受験のことを心配するユキちゃんのお父さん。
　ユキちゃんのお父さんはそういう人だった。
　人一倍厳しくて、いつもユキちゃんはその期待に応えるために、お父さんと対立しながらも頑張っていた。
　でも、なんでこんなときまで……。
　自分の息子が病院へ運ばれたんだよ……？
　そう言いたくてもそれを言う資格が私にはない。
　だって、私のせいだから。
「……っ……」
　私はいても立ってもいられずに病室を飛び出してしまった。
「お前がちゃんと見てないからこんなことになったんだろ

う‼　大事な時期に肺炎なんて……すぐに受験なんだぞ⁉」
「あなたこそいつもそうじゃない！　雪斗に勉強の無理強いばかりさせて‼　受験と子どもの体とどっちが大切なの⁉」
「ふたりとも落ち着いてください。ユキが眠ってるんですよ。ユキが苦しんでいるのにふたりがそんなんでどうするんですか？」

　中からはユキちゃんの両親のケンカする声と、咲の声が廊下まで響いてくる。

　私のせいだ。
　全部全部私のせいだ。
　私は周りの人につらい思いばかりさせてしまう厄病神だ。
　私はここにいちゃいけないんだ。
「乙葉……‼」

　咲から電話をもらったのか病院にやってきたお母さんは私の元までやってくると体を抱きしめた。
「ごめんね……。勝手にユキ君たちに電話して。もう……。こんなに体が冷えて……っ……。どこに、行ってたの……っ……」

　ダメなんだ。
　ふたりを頼る場所があるからダメなんだ。
　ふたりを見てしまうからダメなんだ。
『雪斗君と咲に甘えて、振りまわして……。乙葉はふたりを傷つけてんだよ‼』

　梨香子ちゃんの言う通りだった。
　私はふたりを傷つけることしかできない。

「お母さん、私……」
　だから、もう。
　ふたりがいない場所へと。
　私をかならず見つけ出してくれるふたりが私を探し出せない場所へと。
　もっと、もっと遠くへと……。
「私、施設に入る……」
　もう行くしかないんだ。

私から手を振って

『施設に入る』

 この言葉は自分が思ったよりもずっとすんなりと出てきた。

「雪斗!? 目が覚めたのね……。よかっ……た……」

 病室から聞こえるユキちゃんのお母さんの泣きそうな声。

「乙、葉は……?」

 発するだけで苦しそうな、かすれたユキちゃんの声はかろうじて聞きとれるほど小さい。

「雪斗。その子のことはもういいから早く治しなさい。センター入試まで時間がないんだぞ」

「なんで、父さんがここに……? 乙葉になにか言ってない……? ……ゲホッ……っ……!!」

 ひどくせきこみとても苦しそうな声。

「雪斗、いいからまだ横になってて」

 きっと、体が苦しくてつらくていまにも倒れてしまいそうにちがいない。

 声を出すだけで喉が張りさけそうなほど痛いにちがいない。

「乙葉を……傷つけるようなこと言って、ない……?」

 それでも、君はこの期におよんでもまだ私をかばおうとする。

「乙葉……」

お母さんは私の顔を心配そうにのぞきこむ。
「早く……。早く……連れてって」
「え……？」
「私をユキちゃんのいない場所にいますぐ……、連れていって……」
　もうこれでいいんだ。
　またいつか、ユキちゃんの優しさに頼りたくなってしまうかもしれないから。
　そうならないように、私は施設に入ることを決めたんだ。

　猛暑の続く8月上旬。
「乙葉さん。いいんですか？」
「はい。私は施設に入ります」
　病院に来た私は一瞬も迷うことなく先生に告げる。
「そうですか。応援しています」
　あと戻りはもう、できない。
　それから話し合いをたくさんして、施設への入所は9月1日からと決まった。
　この夏休みの間に、施設への入所準備や高校の退学手続きを行わなければならない。
　私は、できなかった。
　高校卒業も、大学入学も。
　そのすべてを断たれた。
　でももう、いいや。
　どこかでそう思う自分がいた。

あきらめることに慣れてしまったのかもしれない。
「乙葉、準備はいい？」
「うん……」
　今日はお母さんと学校へ行く。
　自主退学の意思があることを伝えに行くんだ。
「ねぇ、お母さん」
　家を出ると、お母さんが車のキーを取り出すので私は呼びとめた。
「歩いて行きたい。ダメ、かな……？」
　これで学校に行くのは最後。
　この制服を着るのも、登校するのも今日で終わり。
　だから、約３年間見続けた登校風景をしっかり見ておきたい。
「うん。いいよ」
　お母さんは優しく笑うと車のキーをしまった。
　お母さんのとなりを歩きながら見なれた通学路を見渡す。
　何度も何度も通ったこの道。
　期待を膨らませ歩いた入学式の日。
　憂鬱な気分で歩いた試験の日。
　ドキドキしながら歩いたユキちゃんとの初めての登校。
　なんてことない見なれた風景でもいまの私にとってはとても特別で、私はそれを忘れぬようこの瞳の奥に焼きつけた。
　学校に着くと、教室まで行くのだけど……。
「何階、だったっけ……」
　夏休みに入り学校に来るのはひさびさなためか、自分の

教室の階が思い出せない。
「大丈夫。お母さんが知ってるから」
　お母さんはそう言うと階段を上がり、教室の前に着くとピタリと立ちどまる。
「乙葉、約束覚えてる?」
「うん。覚えてるよ」
　約束。
　それは担任であるニッシーには本当のことを言うこと。
　本当は言いたくなんかなかったけど、自主退学なんて簡単に許しがもらえるはずもない。私には自主退学を認めてもらえるほどの上手な嘘なんか思い浮かばない。
　だから、いま自分の置かれている状況を伝える必要があるんだ。
　──ガラッ。
　教室のドアを開けると中にはすでにニッシーの姿があり、三者面談のときのように机が1対2で向かい合わせに並べられている。
　いつもニッシーはジャージなのに今日は保護者に会うからだろうかスーツを着ている。
「西山先生すみません。お時間いただいて」
「いえ。どうぞおかけになってください」
　お母さんとニッシーがお互い頭を下げあいさつを交わすと、それぞれ席に着く。
「……で? 話とは」
　ニッシーの問いかけに私はゴクリと息をのむ。

「ニッシー……。あのね……」
「おう。どうした？」
「私、学校やめる……」

スカートの裾をぎゅっと握りながら振りしぼるようにそう言った。
「え？」

ニッシーは一瞬固まると、意味がわからないと言わんばかりに私とお母さんを交互に見て驚きを隠せない様子だ。

それもそうだ。

卒業式を約半年後に控えた、高校3年の夏休みに「学校をやめる」なんて言われたのだから。
「やめるって……。ちょっと待て。なんでそんな急に……。学校でなにか嫌なことあったのか？」
「ううん。私、学校すごい好き。でも……通えなくなっちゃうの……」
「通えなくなる？」

私は、一つひとつニッシーに説明した。

若年性アルツハイマーだと診断されたこと。

少しずつだけど速いスピードで病気が進行していること。

学校生活にも支障をきたしていること。

施設に入るよう勧められたこと。

すべて聞き終えたニッシーは言葉も出ない様子で。
「……本当、なのか……？」

数秒後にニッシーの口から出てきたのは疑いの言葉。
「わざわざ夏休みに、こんな嘘なんかつきに来ないよ」

「あぁ、まぁ……そう、だよな……」
　ニッシーは片手で頭を抱える。
　まさか今日、自分の教え子からこんなことを言われるなんて思いもしなかっただろう。
「三浦……。ごめんな」
「え？　なにが……？」
「なにも知らずに、テストの成績のことで強く言ったりして。三浦が教室までわからなくなってたなんて……。学校で過ごす時間怖かったよな……」
　ニッシー……。
「どうにかして残れないか？　なんでもサポートするから。授業についていけなくなったら俺が教えるし、移動教室で場所がわからないなら俺が連れていくから」
「ニッシーありがとう。でもね、もう決めたんだ」
　ニッシーはいつもそうだよね。
　いつも生徒のことを一番に考えてくれる。
　生徒と同じ目線に立って一緒に向きあってくれる。
　ニッシーがみんなから好かれる理由は若いからとか、かっこいいからとか、それだけじゃなくてきっとそんな人柄にあるんだと思う。
「三浦はそれでいいのか……？」
「うん。もう迷わないよ」
「そっか、強いな。お前は」
　強い、か……。
「ねぇ、ニッシー。お願いしていい？」

「あぁ」
「このことは咲やユキちゃんには言わないで。なにか聞かれたら転校したことにしといてほしい」

　ニッシーは私とユキちゃんと咲が特別仲のいいことを知っているから、私のその言葉に眉をしかめる。
「言わないのか？　一ノ瀬と神崎に」
「うん、言わないよ」
「三浦は後悔しないのか？　本当に」

　私はその質問に少しの間を置き「しない」と答える。
「それが俺にできる唯一のこと、か……」

　ニッシーはなにか言いたげのようにも見えたが、眉を下げて「わかったよ」と切なそうに笑った。

　それから校長室に行き校長先生とも長い話し合いをし、退学届を受け取ると、校門までニッシーは見送りに来てくれた。
「卒業させてやれなくてごめんな」
「私のほうこそごめんね。約束守れなかった」

　ニッシーがいつの日か言ってた。

　『俺の目標は自分の教え子をひとり残らず卒業させること』って。

　『お前らはかならずここを卒業しろ』って、約束した。

　約束守れなくてごめんね。

　ニッシーに見せてあげたかったな。

　私が卒業してゆく姿を。
「たまには顔見せに来いよ」

「うん!! ニッシーこそ早く素敵な奥さん作りなね！」
「うっせー。余計なお世話だ。それにニッシーじゃない。西山先生、だ」

　ニッシーはコツンと私の頭を小突く。

　いつもと変わらぬやり取り。

　ニッシーとこんなふうにお友達のように話せるのももう最後なんだ。

「あ。そういえばなんてところの施設に入るんだ？」
「桜の木ハウスってところだよ」
「桜の木ハウス……？」

　私が『桜の木ハウス』という名前を口にするとニッシーは少し反応を示したけど、私が「どうしたの？」と聞くと「なんでもない」と首を横に振った。

「じゃあな」
「うん！　ニッシー、約３年間ありがとう！」

　この言葉は本当は私がここを卒業するときに言いたかった。

　スカートを短くしたり、授業抜け出したり、反抗したり。

　たくさんたくさん困らせてごめんね。

　私、ニッシーの教え子でよかった。

　最後にお互い手を振りニッシーと別れると学校を出る。

　もう二度と来ることのない、大好きな学校。

　たくさんの思い出にふたをして、私はみんなよりもひと足早く高校を去った。

それから毎日着々と準備は進み、とうとう明日からは施設に入る日になった。
「お母さん。私も手伝うね」
「あら、めずらしい」
　一度施設に入ったら、次はいつ家に帰れるかわからない。
　もしかしたら、最後になるであろうこの家で食べる夕飯の準備をしているお母さんの横に立つと、私は玉ねぎを手に取った。
　いつ以来だろう。
　キッチンでお母さんの横に立つのは。
　いつの日からか、こうしてお母さんと料理をすることが少なくなった。
　私が高校生になってからは、会話も多くはなくなった。
「玉ねぎって切るの難しいんだね」
「そうでしょ？　乙葉はやらないからわからないのね」
　ふふ、っと笑うお母さん。
　あんなひどい言葉を吐いたのに、お母さんは変わらずに私と接してくれるんだ。
　こんなことになるならば、もっとたくさんこうしてお手伝いをしてあげればよかった。
「あぁ……もう……乙葉の玉ねぎの大きさバラバラじゃない……」
　こんなことになるならば、もっとたくさんこうしてお母さんのとなりにいてあげればよかった。
「本当、不器用ねぇ……っ……。お母さんがもっと教えて

あげなくちゃ……」
　こんなことになるならば、もっとたくさん親孝行しておけばよかった。
　お母さんの横顔は笑っているけれど、まな板にはポツポツと涙が落ちる。それを「今日は玉ねぎとの相性が悪いみたい」なんて玉ねぎのせいにして。
　そんなお母さんを見ていると、私まで泣きそうになってしまう。
　お母さんのそばにいてあげられるのは私しかいないのに、この家でひとりぼっちにしてごめんね。
　18年間お母さんと過ごしたこの家で食べる最後の料理は、なんだか涙の味がして苦しかった。

　そして――。
「乙葉、準備終わった？」
「うん。先に駐車場に行ってるね」
　9月1日。今日から私は施設に入る。
　いまは午前9時。いまごろ、始業式かなぁ……。
　日差しが強くて思わず目を細める。
　マンションの地下駐車場に向かうため、家を出ると廊下を誰かが走ってくるのが見えた。
　長袖のシャツを腕まくりした黒髪の男の子と、半袖のシャツを着て腰にカーディガンを巻いてる短いスカートの女の子。
　ふたりの胸もとには揺れる赤いネクタイ。

見覚えのあるシルエット。

あれは……。

ユキちゃんと咲……？

そう思っていると、ふたりはあっという間に私の元までたどり着き、両膝に手をあて苦しそうに肩で息をする。

やっぱりあのふたりだ……。

どうして来たの？　始業式は？

抜け出してきたの？

ひさびさに見たユキちゃんは、もともと細身なのにまた少し痩せてしまっていた。

夏休みはずっと入院してたの？

体調そんなに悪かったの？

せっかく退院したのにそんなに走っちゃダメだよ。

「乙葉……。どこ、行くんだよ……」

ユキちゃんはまだ整わない呼吸の中、途切れ途切れの言葉で口を開く。

「転校ってなに……？」

あぁ、ニッシーから聞いたんだ。

ニッシーちゃんと私のお願いをきいてくれたんだ。

「なんで……。どうして、乙葉は俺の元からいなくなろうとするんだよ!!　なんで、いつもそうやってひとりで勝手にどこかへ行くんだよ!!」

夏の日差しが照りつける中、いつも静かで冷静で優しいユキちゃんがめずらしく怒りの交ざった声をあげる。

「保健室で乙葉と話したあと、俺は乙葉から離れたほうが

いいんだって思った。けど、乙葉が俺を必要とするなら俺はそのときだけでもそばにいてあげたかった」
　その言葉で思い出す。
　ユキちゃんが私ではなく、梨香子ちゃんの名前を呼んだときのことを。
　それは、私のことを嫌いになったからじゃない。
　あれも、ユキちゃんの優しさだったんだ。
　そうだった。
　この人はそういう人だった。
　あきれるほどに優しい人だった。
「それなのに、なんで乙葉は……いなくなろうとするんだよ。俺のこと、嫌いでもいいからさ……。頼むから……俺の前からいなくならないで……」
　ユキちゃんの声がどんどん弱くなっていき、代わりに今度は咲が声を張りあげる。
「私だってね、乙葉からさんざん言われてムカついたよ!!　私はユキとはちがって優しい人間じゃないから、絶交だって考えたよ!!　けど、それでも頭の中は乙葉のことでいっぱいなんだよ!!」
　咲……ユキちゃん……。
　そっか……私はまだ、嫌われてなかったんだね。
「私はふたりが見つけられない場所へ行くよ」
　ふたりの瞳を見すえ精いっぱい笑いそう告げる。
　もういいから。
　最後くらい笑ってよ。

笑ってお別れしようよ。
「私を探さないで」
「嫌だって言ったらどうするの？」
「それでも探さないで。私を忘れて」
　戻りたいのに戻れない。
　好きだと伝えたいのに伝えられない。
　もうあのころには戻れない。
　だからせめて、笑っていてよ。
　ふたりの笑顔をしっかり見せて。
　忘れそうになってもまたちゃんと思い出せるように。
「……じゃあね」
「……乙葉！」
　背を向ける私の腕を、ユキちゃんがガシッとつかむ。
「……どこにも、行くなよ」
　私はその言葉にキュッと唇を噛みしめる。
　行くなと言われたって、私は行くと決めたんだ。
「……離してよ、ユキちゃん」
「嫌だ」
　離れようとする私と、離すまいとする君。
　ふたりの想いはきっともう、交わらない。
「離してって言ってるのがわからないの!?」
「行くなって言ってんのがわかんないのかよ!?」
　初めてお互いに声を荒らげあう。
　ケンカしたときだって、こんなふうに声を荒らげたことなんてなかったのに。

きっと、このときのふたりは必死だったんだ。
だから、私はここで最後の嘘をつこうと思う。
「ユキちゃん……。また会えるから」
会えないよ。
ここで別れたらもう、会えない。
でも、この嘘ひとつでこの関係をすべて終わらせることができるとしたなら……。
「……本当に？」
「本当」
なんて、素敵な嘘だろう。
「もしもさ……。また会えたら、それはもう神様のいたずらだってあきらめるよ。だからいまだけはこの手を離して」
これはきっと、ユキちゃんにつく最後の嘘。
ユキちゃんの手がスルッと離れる。
「……ばいばい。ユキちゃん。咲」
私は小さく笑うと、もう一度ふたりに背を向け駐車場へと歩きだす。
「乙葉……。乙葉！」
君が私を呼びとめる。
「……なに？」
私は君の声に立ちどまる。
「風邪……引くなよ」
君がつぶやくように言う。
「うん。ユキちゃんもね。ばいばい」
私はコクリとうなずき、また歩きだす。

「……乙葉」
　君が、また私を呼びとめる。
「もう、なに……？　いま、ばいばいって言ったじゃん」
　そして私はまた、立ちどまる。
　引きとめるすべもなく、呼びとめることしかできない君が、何度も何度も私を呼びとめるから。
　私はあきれたように笑いながら振り返った。
　でもこのとき、本当はね……。
「……また、会える？」
　うれしかったんだ。
　君はまだ、私の名前を呼んでくれる。
　君はこんなにも私を想ってくれている。
　それだけでもう、十分だよ。
　君のためなら私は嘘つきにだってなれる。
　私はユキちゃんの最後の問いには答えずに、もう後ろを振り返らなかった。
　ユキちゃんも、もう私を呼びとめなかった。
「乙葉……！　なんで……！　なんでなの……!?」
　遠くから聞こえる咲の泣き声。
　もう、これで二度とふたりには会えない。
　もっと、優しくしておけばよかった。
　もっと、笑いあっていればよかった。
　もっと、好きだと伝えておけばよかった。
　もしかしたら君もそう思っているかもしれない。
　もしかしたらもう会えないことを君はわかっているかも

しれない。
「……ユキちゃん……大好きっ……」
　誰の元にも届かないこの言葉の行き場がない。
　さようなら、大好きな人。
　さようなら、愛する人。
　君を想い、君の幸せを願い、私から手を振るよ。

2章

君のいない生活

　ユキちゃんたちとの最後の別れをした私の心に残ったのは、虚無感だけだった。
　痛みだけをリアルに感じ取り、幸せだけを置き去りにして進む別々の道。
　ユキちゃんとの思い出にふたをしたら、寂しさだけがあふれてしまう。
　助手席の窓から眺める景色を見ているとしだいににじんできて、目をゴシッと擦った。
　そんな私に、となりで運転しているお母さんはなにも言わずに見ないふりをしてくれた。
　施設に着くと、玄関に若い男の人がひとり立っているのに気づいた。
　その人は私に気づくと軽く手をあげ、こっちまでやってくる。
「三浦乙葉さんですね？」
「あ、はい……」
　首から、青いひものネックストラップをかけ、社員証をぶら下げているし……ここの職員の人だよね？
　それにしては……なんかこう……イメージとはかけ離れているような……。
　青い半袖のユニフォームの下には、黒の長袖を着ていて。
　金色の明るい髪、耳には小さなピアス。

結婚しているのか、左手の薬指には指輪をしている。

整った顔立ちに整えられた細眉。

しかも、かなり長身。

なんだかアイドルグループにいそう……。

「今日から君の担当をさせてもらう、龍崎陸。年は26。よろしく」

龍崎陸……。

「よ、よろしくお願いします……」

私は差し出された手をすっと握る。

すると……。

「おい」

「……!?」

急にグイッと腕を引っ張られると顔を近づけられた。

「陰気くせー顔してんなよ」

へ……？　いま、なんて……？

「いいか、乙葉。お前は今日からここの住人。そんな陰気くせー顔して空気乱すなよ。ここにいるやつはな、みんな必死に生きてんだよ。ここにいる間は、とにかく笑っとけ。笑っときゃーなんとかなんだよ。そしたら俺が最高に楽しい生活にしてやるよ」

「…………」

「それと、言っとくが俺は超厳しいからな？　俺が担当になったからには、なめた生活が送れると思うなよ」

え……。ちょっと……。

急に呼び捨てしてきたり、言葉遣いが悪くなったり、こ

の人は本当にここで働いてる人……？
　アイドルというよりは……もはやヤンキー。
「おい。聞いてんのか」
　私はあわててコクコクとうなずく。
「じゃあ、返事！」
「は、はい……！」
　嘘でしょう？
　私の担当が今日からこの人だなんて……。
　私はやっていけるだろうか？
「こら。龍崎君」
　予想以上に怖い人が出てきてビクビクしてると、白髪交じりの優しそうなおじいちゃんがやってきて、龍崎さんの後頭部をゲンコツで殴った。
「痛……!!　誰だよ!!　クソ!!　俺の頭殴ったやつ!!」
「ん？　施設長に向かってクソとは？」
「あ……。新山さんじゃないですか……。はは」
　龍崎さんは頭を押さえながら勢いよく後ろを振り返るが、すぐに固まると気まずそうに笑う。
「あんまり怖がらせるんじゃないよ」
「なに言ってるんですか。別に怖がらせてないっすよ。新入りに気合入れてあげてるだけです」
　いや、いらないです……。
　龍崎さんは殴られた後頭部をさすり、すねたように目をそらす。
「ははは。彼は族上がりでこんな見た目してるけどすごく

郵便はがき

お手数ですが切手をおはりください。

１０４－００３１

東京都中央区京橋1-3-1
八重洲口大栄ビル7階

**スターツ出版（株）　書籍編集部
愛読者アンケート係**

(フリガナ)

氏　名

住　所　〒

TEL　　　　　　　　　　　　　　　携帯／PHS

E-Mailアドレス

年齢　　　　　　　　　　　　　　　性別

職業
1. 学生（小・中・高・大学(院)・専門学校）　　2. 会社員・公務員
3. 会社・団体役員　　4. パート・アルバイト　　5. 自営業
6. 自由業（　　　　　　　　　　　　　　　　）　7. 主婦　　8. 無職
9. その他（　　　　　　　　　　　　　　　　　　　　　　　　　　　）

今後、小社から新刊等の各種ご案内やアンケートのお願いをお送りしてもよろしいですか？
1. はい　　2. いいえ　　3. すでに届いている

※お手数ですが裏面もご記入ください。

お客様の情報を統計調査データとして使用するために利用させていただきます。
また頂いた個人情報に弊社からのお知らせをお送りさせて頂く場合があります。
個人情報保護管理責任者:スターツ出版株式会社　販売部　部長
連絡先:TEL 03-6202-0311

愛読者カード

お買い上げいただき、ありがとうございました！
今後の編集の参考にさせていただきますので、
下記の設問にお答えいただければ幸いです。よろしくお願いいたします。

本書のタイトル（　　　　　　　　　　　　　　　　　　　　　　　　　　　　）

ご購入の理由は？　1.内容に興味がある　2.タイトルにひかれた　3.カバー（装丁）が好き　4.帯（表紙に巻いてある言葉）にひかれた　5.本の巻末広告を見て　6.ケータイ小説サイト「野いちご」を見て　7.友達からの口コミ　8.雑誌・紹介記事をみて　9.本でしか読めない番外編や追加エピソードがある　10.著者のファンだから　11.あらすじを見て　12.その他（　　　　）

本書を読んだ感想は？　1.とても満足　2.満足　3.ふつう　4.不満

本書の作品をケータイ小説サイト「野いちご」で読んだことがありますか？
1.読んだ　2.途中まで読んだ　3.読んだことがない　4.「野いちご」を知らない

上の質問で、1または2と答えた人に質問です。「野いちご」で読んだことのある作品を、本でもご購入された理由は？　1.また読み返したいから　2.いつでも読めるように手元においておきたいから　3.カバー（装丁）が良かったから　4.著者のファンだから　5.その他（　　　　　　　　　　　　　　　　　　　　　　　　　　　　　）

1カ月に何冊くらいケータイ小説を本で買いますか？　1.1～2冊買う　2.3冊以上買う　3.不定期で時々買う　4.昔はよく買っていたが今はめったに買わない　5.今回はじめて買った

本を選ぶときに参考にするものは？　1.友達からの口コミ　2.書店で見て　3.ホームページ　4.雑誌　5.テレビ　6.その他（　　　　）

スマホ、ケータイは持ってますか？
1.スマホを持っている　2.ガラケーを持っている　3.持っていない

学校で朝読書の時間はありますか？　1.ある　2.今年からなくなった　3.昔はあった　4.ない

ご意見・ご感想をお聞かせください。

文庫化希望の作品があったら教えて下さい。

学校や生活の中で、興味関心のあること、悩みごとなどあれば、教えてください。

いただいたご意見を本の帯または新聞・雑誌・インターネット等の広告に使用させていただいてもよろしいですか？　1.よい　2.匿名ならOK　3.不可

ご協力、ありがとうございました！

面倒見のいい人だからね」
「ちょっ。新山さん。そんな余計なこと言わなくていいですよ。何年前の話をしてるんですか」

　ぞ、ぞ、族上がり……!?
「それってあの……」
「ん？　……彼は元暴走族だよ」

　で、ですよね……。

　暴走族とかそんな単語ひさびさに聞きましたが。

　それからたくさん話を聞いていると、新山さんはここの施設長。

　龍崎さんは18歳まで暴走族に入っていて荒れくるった生活を送っていたけど、3年前からこの施設で働き始めたという。
「ふふ。楽しくなりそうね」

　のんきに笑うお母さん。

　チラッと龍崎さんを見ると目が合い、龍崎さんは私の髪をワシャワシャーッとして「まぁ、なにかあったらなんでも言えよ」と笑った。

　かなり怖い人だけど悪い人ではないのかもしれない。

　新しい生活の始まりに新しい出会い。

　初めて出会う人たちに囲まれ、私は今日からここでの生活を始める。

「とりあえず、ここがお前の部屋な」

　それからいろいろ手続きを済ませ、龍崎さんに連れてこ

られたのは今日から私が過ごす部屋。
　ベッドとテーブルと洗面台など必要最低限のものしかない。
　1階にあるシンプルな個室は思ったよりも綺麗だ。
「綺麗だろ？　お前のために俺が昨日徹夜して隅々まで掃除したからな」
「あ、ありがとうございます……」
　少々自慢げな龍崎さんに私は頭を下げる。
「今日は初日だしゆっくり休め。明日からリハビリスタートな。じゃあ、俺はいまからお前の母親と話してくるから」
　龍崎さんはそう言って部屋を出ていった。
　私はベッドに腰を下ろすとひと息つく。
　今日からここが私の生活する場所。
　どんな毎日になるかは想像つかない。
　明日のことを考えると、とてつもない不安に押しつぶされそうになる。
　でも、ここ以外に私のいられる場所なんかどこにもない。
　どうして病気は私を選んだのだろう？
　贅沢なことなんかなにひとつ望んでいないのに。
　ただ、私はあの人のとなりにいられるだけでよかったのに。
　なんて、いまさら考えたって仕方ないのにね。
　でも、願う分にはきっと自由だから。
　せめて夢の中だけでもあの人と会わせてほしい。
　夢の中だけでもあの人のとなりにいたい。
　だって「好きだ」って言ったってどうせ言葉なんか返っ

てこないじゃん。
　だからいまはもう、それだけしか望めないや。
　そんなことを思いながら私はその日の夜、静かに眠りについた。

　次の日から本格的にここでの生活が始まった。
　生活は極めてシンプルなものだった。
　朝起きて、朝食を食べて。
　厳しい龍崎さんとリハビリをして、昼食を食べて、またリハビリをして、夕食を食べ、眠りにつく。
　なんのおもしろみもなければ、変化もない。
　ただ、機械のように同じことを繰り返すだけ。
　毎日来てくれるお母さんや、同じ施設で過ごす人と会話するときもどうしても以前の生活と比べてしまう。
　戻ってはこないあの日々の思い出をどうしてもぬぐえない。
「お母さん、ごめんね」
　今日もいつものように施設に来てくれたお母さんにぽつりとつぶやく。
　お母さん。
　あの家でひとりで寂しくない？
　仕事無理してない？
　毎日施設に来るの大変じゃない？
「なに言ってるの。謝ることなんてなにもないでしょ？」
　お母さんはそう言うけど私には謝ることだらけだよ。

でも「家に帰りたい」なんて言ったらお母さんは困っちゃうから私は今日も平気なふりをする。
　本当はもう、余裕なんてどこにもないのに。

　施設にもだいぶ慣れたころ。
「乙葉ー！　朝だ！　起きろ！」
　ん……。
「あと3秒以内に起きなかったらトイレ掃除させるぞ。さーん」
　誰だろ……。
　朝から騒がしいなぁ……。
　……あ!!
「にーいーち」
「お、起きてます！　おはようございます！」
　私はガバッと布団をはいで起きあがる。
　このやたらと大きい声は、私の担当である龍崎さんだ。
　起床時間を守らないとすごく怒られてしまう。
　スパルタな人だ。
「ん。ギリギリセーフだな」
　龍崎さんは腰に手をあてて笑うとシャーッとカーテンを開ける。
「乙葉、今日は何月何日だ？」
「えっと……」
　いつものように私に今日の日付を聞く龍崎さん。
　これも自分で思い出させるという大事なリハビリの一環。

でも、最近は全然思い出せない。

曜日や日にちだけではなく何月なのかもいまはもう怪しい。

それでも、一生懸命に頭をひねらせ昨日見たカレンダーの日付などを思い出す。

「く、9月27日……ですか……?」

「正解。すげーじゃん」

「……わっ!」

合っているか不安になって恐る恐る龍崎さんの顔を見上げると、龍崎さんは私の頭を乱暴になでて褒めてくれた。

「今日はちゃんと思い出せたな」

その笑顔がなんだかユキちゃんと重なって見えた。

ユキちゃんもよくこうしてくれた。

ふたりで勉強をしていてひとりで難問を解き終わると『すごいじゃん』って頭をなでて褒めてくれた。

ユキちゃんに褒められたいがために前日に予習なんかしたりして。

でも『ちゃんと勉強しなよ』って頭をコツンとされるのもうれしくて。

褒められたり、怒られたりするだけで胸がキュンとして。

ユキちゃんはきっと覚えていないようなささいなことでも私は鮮明に覚えている。

無防備な寝顔も、無邪気な笑顔も、イジワルな言葉も、照れている顔も。全部。全部。

その中のどれだけが私の記憶の中からなくなって、どれ

だけが私の記憶に残るのだろう。

そんなことをぼんやりと考えていると、龍崎さんに「ぼーっとしてんなよ」とデコピンをされてしまった。

それから食堂で朝食を食べすぐに始まるリハビリ。

いまからするのは学習療法というリハビリで、読み書きや計算やコミュニケーションをし脳を活性化させるもの。

病院でもやっていたけど毎日継続(けいぞく)することが大事だという。

「乙葉。今日からこれをやってみろ」

そう言って龍崎さんが差し出したのは百マス計算。

小学生のときによく学校でやらされていた記憶がある。

百マス計算は得意なほうだった。

でもいまの私には、早さを求めることはできず解くだけで精いっぱい。

簡単な足し算のはずなのに、いちいち手が止まる。

数が大きくなってゆくと解く時間も長くなる。

それでも龍崎さんはただ黙って私の様子を見ている。

きっとまちがっているだろう答えにも、あり得ないほど遅い速度にも、なにも言わず横で見ている。

「……で、できました」

やっとすべて終わったころには10分も経過していた。

小学生のときよりもはるかに遅く、それは自分の病気が確実に進行している証拠。

「お。全部できたじゃん」

「でも、たぶんまちがいだらけですよ……」

「あ？　いいんだよ。んなもんまちがってても。自分で最後までやりきることが大事なんだよ。それができれば上等」

　龍崎さんはそう言うと別のプリントを取り出す。

　と、そのとき……。

「おーい‼　陸ー！　なにしてんだよー！　遊びに来たぞー！　俺と遊べ‼　この野郎！」

「……⁉」

　どこからともなく勢いよく走ってきた小さな男の子が龍崎さんの首に抱きついた。

「アユム。てめー。施設内は走んな。急に抱きつくな、つってんだろ。危ねーな」

　龍崎さんは前のめりになりながらもとっさに机に手をつくと、引きつり笑いしながら後ろを振り返る。

「だって、陸どこにもいねーもん‼　せっかく遊びに来てやったんだぞ‼　女の子ナンパしてないで俺と遊べ！」

「ナンパじゃねーよ。どこでそんな言葉覚えてきたんだ。ガキのくせに」

　龍崎さんがこちょこちょと男の子をくすぐると男の子は「やめろ！　バカ陸！」とキャッキャ笑う。

「俺はいま仕事中なんだ。あとにしろ」

「やだ！」

「言うこと聞かねーとおやつ出さねーぞ」

「……もっとやだ」

　男の子はその言葉に一瞬で大人(おとな)しくなると、すねたように龍崎さんから離れる。

「食堂で待ってろ。あとで行くから」
「絶対だからな！　嘘ついたら絶交だからな！」
　そう言い残し去っていく男の子。
　かわいい……。
　相当龍崎さんのことが好きなんだなぁ。
「さっきの子かわいかったですね。知り合いなんですか？」
「ここで暮らしてるおばさんの孫」
　そんな会話をしていると今度はおばあちゃんたちがやってきた。
「孫がごめんね。首大丈夫だったかい？」
「龍崎君、このお菓子食べて。おいしいよ」
「今日はどんな話聞かせてくれるんだい？」
　などと次々に話しかけるおばあちゃんたちに龍崎さんは「次から次へと」とため息をつく。
　「俺いま仕事中だっつってんだろ」と言いながらも優しい笑顔でおばあちゃんたちと接していて。
　龍崎さんがここでどれだけ人気のある人なのかよくわかる。
「お前ら、さっさと部屋戻んねーと飯抜きだぞ」
「あら。やだやだー。最近の若い子は」
　そう言いながら去っていくおばあちゃんたちにやれやれと言った顔をする龍崎さん。
　ここにいる人はみんないつも笑顔だ。
　どうして笑っていられるのかな？
　自分の未来不安じゃないのかな？

「龍崎さんは、なんでこの仕事をしてるんですか？」
　なんとなくそんな質問をしてみる。
「あ？　まぁ……やりがいがあるからだろうな。それにハンデ抱えながらも楽しそうに生きてるやつらって、すげーじゃん」
　龍崎さんは、去っていくおばあちゃんたちの後ろ姿を見ながらそっと笑う。
「だからお前も陰気くせー顔ばっかしてねーで笑えよ。あ、そうだ」
　周りには聞こえないよう私の耳に顔を近づける龍崎さん。
「夜、花火でもするか」
「花火？」
「俺仕事ばっかで夏らしいことなんにもしてねーし。ちょうど今日は夜勤だし。もちろんほかのやつらには内緒だからな。とくに新山さんな。あの人怒ると怖いから」
　ククっと笑う龍崎さん。
　花火か……。
　そういえば私も今年の夏はドタバタしすぎて夏らしいことひとつもできなかった。
「楽しみにしときます」
「おう。じゃあ、リハビリ再開するぞ」
　それから今日も、いつもと同じような１日を過ごし消灯時間を少し過ぎたころ。
「乙葉、行くぞ。静かにな」
　龍崎さんが部屋のドアをゆっくり開けそっと顔をのぞか

せる。
　裏から外に出て、連れてこられたのは施設から徒歩５分のところにある小さな公園。
　龍崎さんが用意してくれた花火にさっそく火をつけると、途中で色が変わったり、ほんのり香りがしたり、色鮮やかな花火がキラキラと光る。
「おら。乙葉。ぼさっとすんな」
「わっ！　龍崎さん！　危ない！　もー！」
　龍崎さんが花火を向けてくるので私が大げさにリアクションをすると「だっせ」と笑われてしまった。
　龍崎さんは数本だけ花火をすると、ベンチに座りタバコを取り出し火をつけた。
　私はその横で地面にしゃがみこみ線香花火に火をともす。
　消えまいと必死に燃え続ける線香花火。
「かわいいー」
　小さなともしびに思わず笑みがあふれる。
「なんだよ。お前ちゃんと笑えんじゃん」
「へ？」
「いつも陰気くせー顔ばっかしてないでそうやって笑えよ。施設にいるやつら見てみろ。あいつら四六時中笑ってるだろ」
　長い脚を組みながらタバコの煙を吐く龍崎さん。
　そっか。
　きっと龍崎さんは、私がここに来てからずっと浮かない顔をしていたのに気づいていたんだ。

だからこうして花火に誘ってくれたのかもしれない。
「龍崎さんってすごく優しい人なんですね。人気もあって。見た目からは想像もつきません」
「はぁ？　お前ぶっ飛ばすぞ。優しいオーラにじみ出てんだろうが」
「あはは！　どこがですか！」
　こうして声を出して笑うのはいつ以来だろうか。
　いつからか私は毎日が楽しくなくなっていた。
　だって私が心から楽しいって思える場所はあの人のとなりにしかなかったから。
　どうしてだろう。
　どうしていま、すごく泣きたくなるんだろう。
　どうしていま、心が苦しいんだろう。
　あの人のいない生活にはもう慣れたはずなのに。慣れなきゃいけないのに。
　もうあの人は私のとなりにはいないのに。
　どうして私はいま……。
　ううんちがう。
　私はどうしても毎日あの人のことを考えてしまうんだ。
「龍崎さん、私ね……本当に大切な人がいました。毎日が幸せでした」
　ポトリと火が落ち、消えてしまった線香花火を見つめながら目を伏せ笑う。
「どっちも守りたかったんです。幸せな毎日も大切な人も。でも……どっちかを捨てないと、ふたつともなくしてしま

うような気がして」
「…………」
「私は……幸せな毎日を捨てました。彼には笑っていてほしくて、幸せになってほしくて。そのためにたくさん傷つけて、たくさん嘘ついてここに来ました」
「…………」
「でも、私……気づいたら……その人のことばかり考えちゃってるんです」

　もしも、ユキちゃんがとなりにいたら明日は楽しかったかな？
　もしも、私がこんな病気じゃなかったらいまごろどんな会話をしていたかな？
　ユキちゃんはいま誰のとなりで笑っているのかな？
　そんなことばかり考えながら眠りにつく毎日。
　覚悟ならしていた。
　でも君はもうここにはいないんだって、朝目が覚めるたびに思い知らされている。
　君のいない生活は想像以上に苦しいんだ。

「本当に好きだったんだな。そいつのこと」
　私の話を黙って聞いていた龍崎さんが、満天の空を見上げ口を開く。
「俺にもいるよ。それはもう、めちゃくちゃ大事な女がな」
　そう言いながら指輪をした左手をぐっと握りしめる龍崎さん。
「俺はさ、いままで見よう見まねで必死に働いてきたけど

その意味すら見失った時期がある。お前みたいに生きてる意味ねーなとか。死んだほうがいいかなーって考えたときもある」
　それはとても意外な言葉だった。
　いつも明るくて老若男女問わず人気者の龍崎さんがそんなことを思っていたなんて。
「でも、俺がいまここにいるのはあいつがいたからなんだよ。あいつの与えてくれた場所をなくしたら。あいつまでなくしてしまうような気になって。だから、俺はあいつのために生きようと思う。だから、お前はそいつのために生きろ」
「…………」
「それしかできねーだろ。お前も、俺も」
　少し寂しげに笑う龍崎さん。
　このとき……。
　もしかしたら龍崎さんにはなにか抱えてるものがあるんじゃないかと思った。
　そんなそぶりを見せないだけで、本当は私よりもつらい思いをしたことがあるんじゃないかって。
「そんなこと思ってもらえるなんてその人は幸せですね」
「だといいけどな。俺は本当にどうしようもない毎日を過ごしてきたからな。あきれられっぱなしだわ」
　龍崎さんは短くなったタバコを消すと「よし」と立ちあがりロケット花火を取り出す。
「ロケット花火やるか」

「え、ロケット花火まであるんですか」
「あたり前だろ。せっかく花火しに来たのにロケット花火やんねーでどうすんだよ」
　ロケット花火に火をつけ公園に響く私たちの笑い声。
　きっと私の中に最後に残る、明日には忘れてしまうかもしれない夏の思い出。

　ユキちゃん。
　どうやら私には君のいない生活に慣れるには、まだ時間が足りないみたい。
　君がいないと心から笑えないみたい。
　でも、ちゃんと生きてるよ。
　龍崎さんの言う通り私には生きることしかできないから。
　死んでしまったらもう二度とユキちゃんのことを思い出せなくなってしまうから。
　私ね、ユキちゃんとの思い出はなくしたくないの。
　ユキちゃんとの日々を思い出すたびに苦しくなるくせにおかしいよね。
　ねぇ。
　君はいま、私がいなくても幸せですか——？

意味が見つからない

　夢を見た。
　そこは光ひとつない真っ暗な空間で。
　左右前後もわからずひとり立たされている私は身動きが取れず立ちつくしている。
　いま、私のいる場所からはいくつもの道ができているのにどこに進めばいいのか、どこから来たのかわからない。
　どの道を選べばそれは光へとつながるのか。
　どの道を選べば正解なのか。
　そんなことを考えてみるけれど、きっとどこも行きどまりなんじゃないだろうか。
　行き着く先は越えられないような高い壁しかないんじゃないだろうか。
　遠くから聞こえる誰かの幸せそうな笑い声。
　その声をかき消すように耳をふさぎうずくまる。
　自分だけ取り残され、自分だけ動けない。
　助けて。
『怖い……助けて……』
　誰かここから救い出して。
　誰か私を見つけて。
『助けて……!!』
　お願い。
　ひとりにしないで——。

「……葉！　……乙葉……！　おい！」
　誰かが私の名前を呼ぶ。
　誰……？
「…………」
　そっと目を開ける。
　そこにいたのは、夜勤をしている龍崎さんだった。
　真っ暗な部屋でもわかる。
　龍崎さんのとても心配そうな顔。
「すごくうなされてたけど大丈夫か？　怖い夢でも見てたのか……？」
　龍崎さんは私の体を支えながらゆっくりと起こすと顔をのぞきこむ。
「りゅ、崎さん……私……私……」
　懸命に呼吸を整えるも手の震えが止まらず心臓がバクバクする。
「怖かったな。もう大丈夫だから」
　龍崎さんは私を落ち着かせるように頭をなでると「大丈夫」と言いきかせる。
「眠れない……もう、ずっと……眠れない……」
　最近夜、眠るのがとても怖い。
　こんな真っ暗な部屋ではひとりで眠れない。
「食堂来るか？　俺も書類整理、食堂でするから落ち着くまで俺のとなりにいろ」
　私はその言葉にコクリとうなずくと、龍崎さんのあとをついて食堂へ向かった。

龍崎さんが買ってきてくれたホットココアを飲んでいると、だんだん心が落ち着いてきて、となりで忙しそうに手を動かし書類整理をする龍崎さんのとなりで、気づいたら私は机に顔を伏せ眠っていた。

　月日が経ち、12月を迎えた。
　気づいたらもう施設に入所して3ヶ月が経っていた。
　雪こそ降らないものの連日寒い日が続いている。
　月日とともに私の病気は進行し、もう中期の段階まで来ていた。
　ついさっきまでしていたことがわからなくなって。
　自分はなぜここにいるのか、ここがどこなのかわからなくなって。
　そんな混乱から被害妄想をしたり、錯乱状態になったり。
　私の体は壊れてゆき、心はもうこれ以上ないほどにボロボロだった。
　もう耐えられないかもしれない。
　もう頑張れないかもしれない。
　私はもうそんなところまで来ていた。
　これ以上の苦しみなどないと思った。
　でも、そんな私に追いうちをかけるように神様はさらに残酷な現実を突きつけてきたんだ。
　それは、いつものように様子を見に来てくれたお母さんが施設から帰る時間。
　お母さんが部屋から出ていってすぐにスマホを忘れて

いってしまったことに気づいた私は、まだ間に合うかもしれないと、スマホを持って部屋を出た。
　そこで、私は聞いてしまったんだ。
「乙葉の病気の進行がかなり早いです。最近では精神状態も危ないかと。気づいてますか？」
　龍崎さんのその言葉と。
「……はい……っ……」
　お母さんのいまにも泣き出しそうな声を。
　私はとっさに隠れると、立ち話をしているふたりの会話に耳を傾ける。
「これから……乙葉はどうなるんですか……？」
「いずれ、人の顔も忘れてしまうようになります。過去の記憶も消去され、自分のこともわからなくなってきます」
　お母さんの問いに龍崎さんは静かに答える。
　その言葉にお母さんはハンカチで口を押さえた。
「言葉によるコミュニケーションが取れなくなったり、歩行が困難になったりします」
　龍崎さんの言葉が次々と私に重くのしかかる。
　崩れ落ちそうなほどに手足が震え、思わず壁に手をつき体を支えた。
「寝たきりになってしまうケースもあります」
　それは、自分の思った以上に過酷なものだった。
　これ以上の苦しみから逃れるには、もう本当に死ぬこと以外にないようなそんな現実。
　記憶がなくなるだけじゃない。

会話ができなくなっちゃう。
ひとりじゃ歩けなくなっちゃう。
ひとりじゃご飯も食べられなくなって、トイレにも行けなくなっちゃう。
最後には寝たきりの状態になっちゃうんだ。
私には未来なんてないんだ。
そうだ。
普通に考えたらそうだったんだ。
記憶をなくすということは、そういうこと。
本当はわかっていたのかもしれない。
いつか、自分の意思で体を動かすことができなくなってしまう。
そんな日が来るということに。
ただ、気づかないふりをしていたんだ。
だって、そんなのはあまりにも残酷だから。
「そんなっ……」
泣き崩れるお母さんの悲痛な声が談笑ルームに静かに響く。
私はスマホをそっとテーブルの上に置き部屋に戻った。
もう、なんか……いまは涙さえ出ないや。
いつか寝たきりになってしまうかもしれない。
そんなことを改めて思ったら、なんだかすべてがどうでもよくなった。
どうせ行き着くのがそんな未来なら、リハビリを頑張る意味がない。

こんな思いをしながら暮らす意味がない。
生きてる意味がない。
私はなんのために生きているというの……？

「乙葉、なんで問題を解かないんだ？」
「……わからないから」
　龍崎さんとお母さんの会話を聞いてしまったあの日から私は、部屋にこもりがちになった。
　リハビリの時間さえ無意味に思えて、いっきに脱力感に襲われ、自分で考えるという行為さえしなくなった。
「この間からいい加減にしろよ？　わからなくてもいいから解け。リハビリの意味がないだろ」
　そのリハビリをする意味すらないじゃん。
「リハビリは進行を抑える大事なもんだって言ってんだろ」
　でも、どうせ抑えられないじゃん。
「やりたくないです……」
「やりたくないじゃねーよ。俺はやれっつってんだよ」
　わかってるよ。
　龍崎さんが真剣に私のことを考えているということくらい。
　私のために毎日ちがうリハビリ内容を考えてくれて、少しでも進行を遅らせようと私よりも努力してくれている。
　でも、いまはそれすらイライラする。
　わかってるくせに。
　どうせ、私の病気の進行を抑えることができないことく

らいわかってるくせに。
「大丈夫」なんてそんな嘘ではもう、ごまかせない。
「意味がない……。こんなことやったって意味なんてない!!」
　私はテーブルに置かれた、龍崎さんが一生懸命作ってくれたプリントの数々を勢いよく手で払った。
　こんなもの、見たくもない。
「甘えてんじゃねーよ」
「龍崎さんは私じゃないから私の気持ちなんかわからないよ!!　大丈夫なんて嘘ばっかり!!」
　狂ったようにその場にある物を壁に投げつけてゆく。
　コップを投げるとパリンッと音を立て割れる。
「どうせ治らないじゃん!!　頑張る意味ないじゃん……!」
「やめろ」
「こんなことする意味もないじゃん!」
　龍崎さんに体を押さえられながらも私は物を投げるのをやめない。
　物が壊れる音と私の声が激しく響く。
「乙葉……どうしたの!?　やめなさい!」
　部屋に入ってきたお母さんも必死に私の体を押さえつける。
「離してよ!!　もう、なんで……なんで私なの……!?　なんで……!」
　こんな悲痛な叫びは誰にも届かない。
　誰にも私は救えない。
　ならもう、すべてを投げ捨ててしまいたい。

すべてどうでもいい。
　龍崎さんは生きろって言ったけど……。
「こんなの……生きてる意味がない……!!」
　力つき、その場にぺたりと座りこむ。
　私のせいで物は壊れ、部屋はめちゃくちゃ。
「もう……なにもしたくない……っ……」
「乙葉……」
「もう放っておいてよ!!」
　そっと私の体に触れるお母さんの手をパシッと払いのけた。
「たしかにお前がそんなんじゃ、意味なんてねーな。死んだほうがマシかもな」
　しばらくの無言のあと、龍崎さんはため息をつくと、床に散らばった物を拾いあげる。
「龍崎さん……!　なんでそんなことを……!」
　龍崎さんの言葉にお母さんは目を見開いたけど龍崎さんは話すのをやめない。
「信じることをやめたらいったいお前になにが残る?」
　私を見すえる龍崎さんの瞳。
　信じる?
　信じるなんてそんな簡単なことで片づけるの?
　そんなありもしない奇跡を信じていることすら意味がない。
　1%の可能性すらないじゃない。
「俺はな、やる前からできねーって逃げるやつが一番嫌い

なんだよ」
　怒っているわけではない真剣なその低い声。
「俺の知るやつはそんなことしなかったよ。バカみたいにがむしゃらになって闘ってた。投げ出しそうになっても逃げなかったよ。たとえそれが無意味なことだとわかっててもな」
「…………」
「お前がいままでしてきた努力は、ほかのやつらのしてきた努力のわずか何分の1だと思う？」
　どうして？
　私、頑張ったじゃん。
　本当の思いを隠して、大切な人を傷つけ。
　たったひとりで何度も奇跡を信じようとしてみたよ。
　でも、そのたびに逃れることのできない現実がそれを邪魔するんだ。
「お前はもうここでリタイアか？　それでよくお前は大事なやつに『幸せになって』なんて抜かしたな」
「……っ……」
「自分ができないことを他人に託すんじゃねーよ」
　龍崎さんの言葉は耳をふさぎたくなるようなほどに厳しい言葉ばかりだった。
　でも、その言葉になにも言い返すことができないのはなぜだろう。
　真剣に私と向きあおうとしてくれている龍崎さんのその言葉が、心に深く突き刺さってくるのはなぜだろう。

もう、ただ苦しくて。
　私はただ、うつむきながら拳を震わすことしかできなくて。
「じゃあ、私はなんのために生きてるんですか……？」
　やっと口から出たのは震えるか細い声。
「あ？　そんなもん俺が知るか。それは乙葉、お前が自分で見つけんだよ」
「だって、見つからないもん……！　どう考えたって私の未来は……！」
「はぁ？　なに言ってんだ？　お前はバカか？　お前はまだ見つけようとすらしてねーだろ。なめたこと言ってんなよ」
　ガシッと頭をつかまれ、上に向かされる。
　龍崎さんの瞳に捕らえられ私は顔をそらせない。
「下ばっか向いてるから見えるもんも見えねーんだろ」
「…………」
「上向いて自分で探し出せ、乙葉。もしも、お前がまだ見つける気があんなら俺がそれを助けてやるから。たとえ、お前がどんな未来に行き着いてもな。それが俺の役目だ」
　龍崎さんはそう言うと私の顔を見ながら軽く笑った。
　厳しくも力強いその言葉の数々。
　龍崎さんは、すごいな……。
　どうして龍崎さんの言葉にはそんな説得力があるんだろう。
　いったいどんな思いをしながら生きていればそんな強くなれるのだろう。

「龍崎さん……。ごめんなさい……」
　我慢できずに龍崎さんにしがみつくと、龍崎さんは私の頭をずっと優しくなでてくれた。
　だんだんと私が落ち着いてきたころ。
「乙葉、知ってるか？　もうすぐクリスマスだってこと。お前がいま一番欲しいもんはなんだ？」
　私の頭を抱きかかえながらそんなことを口にする龍崎さん。
「一番、欲しいもの……？」
「あぁ。それを強く願ってみろ。そしたらかなうかもな。クリスマスの奇跡ってやつだ」
　クリスマスの奇跡……。
「あはっ……。なにそれ……。龍崎さん子どもみたい……」
　柄に似合わずメルヘンチックな思考に思わずあふれる笑み。
「バカ!!　笑ってんなよ!!　俺は不可能なことは言わねーよ!!」
　いま、一番欲しいもの……。
　どうしても願いかなえたいもの……。
　それは……。
『早くしなよ。チービ！』
　それは、あの人の幸せ。
　私が世界で一番愛する人の永遠の幸せ。
　たとえ、私がボロボロになろうともあの人にはずっと笑っていてほしい。

そのために私はすべてを捨てた。
　いや、ちがう。
　もうちがうんだ。
　そんなのは嘘なんだ。
　本当はそんな強がりとは裏腹に、ずっとずっと心の中では思っていたことがある。
　あの人の前で弱音を吐けば、本当のことをすべて言ってしまいそうでずっと我慢してた。
　でも、願ってみてもいいのかな。
　無意味だとわかっていても。
　ねぇ、神様？
　自ら大切なものを手放した私が。
　——あの人に逢いたい。
　そう願うことは。
　贅沢なことですか……？

クリスマスの奇跡

 12月24日。
 今日はクリスマスイブであり、明日はもうクリスマス。
 施設内もクリスマスツリーや、おばあちゃんたちが作製した飾りですっかりクリスマスムード。
「おねーちゃんはサンタさんになに頼んだの？」
 食堂でお昼ご飯を食べていると今日も遊びに来ているアユム君がそう聞いてきた。
 椅子に座り足をブラブラさせながらキャッキャッとかわいく笑うアユム君。
「うーん。サンタさんが絶対くれないものかな」
 私はスプーンをテーブルに置き、目を伏せて笑いながら答える。
「絶対くれないもの？　そんなものないよ！　サンタさんはなんでも用意してくれるもん！」
「あはは。そうだね。でもお姉ちゃんは大人だからなぁ」
「そっかぁ。大人になったら来ないのか」
 とちょっと寂しそうなアユム君。
「アユム君には来るといいね」
「うん！」
 そんな会話をアユム君としていると「アユムー。お前ちょっとこっち来て掃除手伝えー」と龍崎さんが顔をのぞかせてアユム君を呼んだ。

「えー。やだー。俺いまおねーちゃんとお話ししてるもん」
「ふーん。そんな悪い子にはサンタこねーな」
　掃除なんか嫌だとダダをこねるアユム君に龍崎さんはわざとらしく笑う。
　クリスマスが近くなったいま、この言葉は子どもにとっては不安なひと言。
「陸、最近そればっかりずるいぞ!!」
　アユム君は一瞬で椅子から降りると急いで龍崎さんの元へ走っていった。
　そんな光景を微笑ましく思いながら窓の外に視線をやると、ビュービューと吹く冷たい風に枯れた木が揺れている。
　ホワイトクリスマスなんてそんなロマンチックな言葉があるけれど、明日はどうだろう。
「寒いなぁ……」
　町中が幸せであふれかえる中、私はきっと……。

　今日はいつもより早く朝、目が覚めた。
　今日ってなんの日だったっけ。
　なんだか特別な日だった気がするけど思い出せない。
　そんなことを考えながら部屋を出てトイレへ向かう。
　その途中で私は、思いもしない光景を見たんだ。
　それは本当に突然で。
　もしかしたら夢でも見ているんじゃないかって。
「お前らが今日ボランティアで来た西校のやつらの……」
　もしかしたら私は幻覚でも見ているんじゃないかって。

そう、思ったけど……。
「神崎咲、花宮梨香子……それから……」
　それは、たしかに……。
「一ノ瀬雪斗、だな」
　私が逢いたいと願った人の姿だったんだ。
「西校は福祉科のやつらと毎年交流あるけど、お前ら普通科なんだな」
　3人と接する龍崎さん。
「私だってクリスマスは予定あったんですよー。でも授業サボった罰として強制的に送られてきたんですー。まあ、梨香子はついてきたんだけど」
「雪斗君と咲と一緒なら楽しそうだもん！」
　ブーブー文句を言う咲と、楽しそうに笑う梨香子ちゃん。
「ボランティアってなにするんですか？」
　そして、寒そうにブレザーのポッケに手を入れ、黒いマフラーを首に巻いているユキちゃん。
　ひさびさに聞いたユキちゃんの声。
　ひさびさに見たユキちゃんの姿。
　見まちがいなんかじゃない。
　記憶ちがいなんかじゃない。
　龍崎さんと一緒にいるのはユキちゃんたちだ。
　嘘？　なんで？
　どうして？
　どうしてみんながここにいるの？
　動揺して私の体はその場から動けない。

あぁ、そうだ。
今日はクリスマスだった。
偶然か、たまたまか。
そんなのはわからないけれど……。
これがきっと……クリスマスの奇跡。
私の願いは本当にかなってしまった。
奇跡は本当に起こってしまった。
私の目の前にはずっと逢いたかった人の姿。
けれど、それがよりによってこんな場所。
ばれちゃう。
ユキちゃんたちにばれちゃう。
どうしよう。
どうしよう。
どうしよう。
　こんなところで鉢合わせたら私はなんて嘘をつけばいいの？
　嘘に嘘を重ねすぎてもうこれ以上に上手な嘘なんか浮かばない。
　私は、とっさにその場から離れようと自分の部屋へ戻るため背を向けた。
「きゃっ……！」
　しかし、スリッパが脱げつまずきその場に転んでしまう。
　もうなにがなんだかわからない。
「……大丈夫ですか？」
　動けない私の目の前にスッと差し出される手。

ユキちゃんの手のひら。
「どこかけがとか……」
 ユキちゃん……。
 お願い、ユキちゃん……。
 どうか……どうかこんなところで、私を見つけないで——。
「乙……葉……？」
 私がそっと顔を上げる。
 その瞬間、ユキちゃんの表情が一瞬で固まった。
 ３ヶ月ぶりに再会した私たち。
 ３ヶ月ぶりに瞳が交わる私たち。
 たった３ヶ月。もう３ヶ月。
「……なんで乙葉が……こんなところにいるの？」
 聞かないで。
 お願い。なにも聞かないで。
「乙葉……!?」
「え？　乙葉？」
 咲も梨香子ちゃんも私に気づく。
 あぁ、もうダメだ。
 ばれてしまう。全部。
「……っ……!!」
 私はいても立ってもいられずに立ちあがるとその場を離れようとした。
 でも……。
「待って」
 ユキちゃんが私を引きとめた。

「………やっと見つけた」
　嫌だ。やめてよ。
　無理だよ。
　こんなところでなにも話せないよ。
「離し……」
「もう逃げるなよ」
　ユキちゃんは私の声を遮るとグッと体を引きよせ、私の体はバランスを崩しユキちゃんの体に密着してしまう。
「離してって言っても離さない。もう絶対逃がさない」
　真剣なその瞳は私を捕らえて離さない。
「本当……なんでこんなところにいるんだよ」
　なにも浮かばない。
「わ、私もボランティアで来たの……」
　浮かぶのはこんな見え見えな嘘ばかり。
「……そんな寝巻きの格好で？」
「……っ……」
　たぶん、ユキちゃんはもうわかってしまった。
　私がなぜ、ここにいるのか。
　ここはそういう場所だから。
　日常生活に支障がある人が集まる場所だから。
　でも、この期におよんでもまだ私は嘘を考えている。
「……私は……」
「もういい。もうそんな嘘はいいから。本当のこと話してよ」
　もう、逃げられない。

そう思った。
「あーなに？　お前ら知り合い？」
　わざとらしく笑い頭をかきながらこっちにやってくる龍崎さん。
「こいつらが乙葉の言ってたやつら？　で、雪斗。お前が元彼？　乙葉の？」
「元彼……？　ちがう……！　あ、いや……」
　ユキちゃんは『元彼』という言葉を否定しようとしたけど、とっさに口を閉じた。
「あーあ。なにこの雰囲気？　ここでそんな暗い顔されちゃ困るわ。クリスマスぶち壊し。お前らしっかり話してこいよ。おら」
　そう言うと龍崎さんは私たち4人を空き部屋に放りこんだ。
　ドアが閉められ、私たち4人の間には沈黙が続き誰ひとり口を開けようとはしない。
「意味……わかんないんだけど……」
　一番最初に口を開いたのは咲だった。
　私を見すえるその瞳は、怒っている気がした。
　……もう、いいや。
　もう嘘なんか浮かばないや。
　ここで本当のことを告げて、嫌われてしまおう。
「私……病気……なの」
　初めて口にする事実。
　声が震える。

私いま、うまく話せてる？
「病気……？　なんの病気なの？」
「私は……記憶をなくす病気なんだよ」
　その言葉に咲は「そんな……」と口を両手で覆い目を真っ赤にさせた。
　ほらね。
　やっぱりそうやって悲しそうな顔をすると思ったんだ。
　だから嫌だったのに。
「私ね、もう最近ずっと病気が進行してて……ダメなんだ。……記憶が、なくなっちゃうんだ……」
　言わないって決めたのに。
　一生言わないって決めたのに。
　ここまで来て、こんなのあんまりだ。
「そんな中、普通に生活できるわけないじゃん……。こんなこと言えるわけないじゃん」
　息が詰まりそうになる。
「いまの生活は十分楽しいよ。みんながいなくてもなんとか暮らしていけるよ。だから、私のことは……」
「それも嘘、なんだろ？」
　ユキちゃんが私の声を遮る。
　え……？
　嘘？
「全部、嘘だったんだろ。海でも、保健室でも、始業式の日も」
「……それは……」

「ちがうならちがうって言ってみなよ」
　どうして。
　どうして君は気づいてしまうのだろう。
「本当は俺たちに気づいてほしかったんだろ？　本当は俺たちに助けてほしかったんだろ？　いまだって無理して笑ってるんだろ？」
　どうして君は……。
「逢いたいって願ってたんだろ……？」
　私の想いをこんなにもたやすく読み取ってしまうのだろう。
「なんで……なんで俺になにも言ってくれなかったんだよ」
　悔しそうな、苦しそうなユキちゃんの声。
「なんで乙葉は嘘ばっかついて大事なことはなにひとつ言わないんだよ!!　なんでひとりで生きようとするんだよ!!」
「雪斗君……落ち着いて」
　ユキちゃんが部屋いっぱいに響く声を荒らげると、梨香子ちゃんがとっさに椅子に座らせて落ち着かせた。
「……なんで……俺……気づけなかったんだろ……」
　力なく椅子に座り、片手で目を覆うユキちゃんは小さくそうつぶやいた。
　再び始まる沈黙。
　言わなければよかった。こんなこと。
「言ったって仕方ないじゃん……!!　言ったってユキちゃんたちにはなにもできないじゃん！　嫌われちゃうじゃん!!　こんな私みじめじゃん！　どうせ私は……！」

「ふざけないでよ!!」
　——パン……ッ!
　私の言葉を遮るように咲に叩かれる頬。
　お母さんに叩かれたときと同じ。
　叩かれた頬よりも胸のほうが何倍も痛い。
「なに勝手にそんなこと決めつけてんの!?　じゃあ、聞くけどさ、もしも私やユキが同じ病気になったら乙葉は嫌いになんの!?」
　咲の目にはいっぱいの涙。
「頼ったら嫌だって思う!?　助けてって言ったら見放す!?　恋人やめる!?　友達やめる!?」
　……ちがう。
　そんなことない。
　もしも、私じゃなくて。
　ユキちゃんや咲が私と同じ病気になったとしても、私は一生支えてゆく自信がある。
　ただ、実際にこの場に立ってみたからわかるんだ。
　そんな簡単な綺麗事ではないということを。
「もう、苦しい……苦しいの……!　ユキちゃんと咲といると苦しいの……!　わかってよ!　これ以上構わないでよ!!」
　知られたくない。
　ふたりの優しさに浸るとまだ、好きだってそう思ってしまうことなんて。
「ふたりといると私がつらいの……!」

「知らないよ。そんなこと。乙葉がつらくても俺はもう……絶対離さないから」

　なに……言ってるの?
「なん、で……っ……」
　私は病気なんだよ?
　記憶がなくなる病気なんだよ?
　治らないんだよ?
　重荷になっちゃうんだよ?
　なんでためらいもなくそんなことが言えるの?
「だって……やっと逢えたんだ」
　どうして、いま優しく笑えるの?
　たくさん傷つけられて。
　たくさん振りまわされて。
　たくさん嘘をつかれて。
　あげくの果てにはこんな事実を叩きつけられたというのに。
「あのね、私たちがこんなことで乙葉の友達やめるわけないじゃん!!　ひとりで抱えこんじゃってさぁ……あーもう!!　バッカじゃないの!!　意味わからない!」
「さ、き……?」
「乙葉がひとりで……つらいとき……助けてあげたかったのに……っ……」
　ついに咲の目からは涙がこぼれる。
　その姿に胸がしめつけられてゆく。
　無理なのに……。

もう、私には無理なのに。
もう、私には嘘のつき方もわからない。
神様が運んできた奇跡は私の願い。
でもそれは……願ってはいけなかった。
とてもつらいものだった。
また、私は彼らの優しさに触れながら苦しくなってしまう。
また、この痛みからやり直さなくてはならない。
ふと、窓の外を見る。
皮肉にも今日は……ホワイトクリスマスだった。

変わらないもの

 次の日から私の生活は変わった。
 クリスマスの日、授業をサボった罰としてボランティアに来たユキちゃんと咲はその日1日だけじゃなくて、毎日施設に来るようになった。
 ふたりで一緒に来ることもあれば、ひとりで来ることもある。
 私の部屋に来て、なにをするわけでもない。
 様子を見に来て、たわいない話をして、たまにお菓子なんか持ってきてくれて。
 私はそんなふたりをずっと無視していた。
 ひと言も返事なんかせず、会話なんか成り立たなかった。
 それでもふたりは来るのをやめなかった。
 私にどんな態度をとられてもときには私が「帰って！」と怒鳴っても毎日毎日顔を見せに来た。
 いつ、ふたりのことを忘れてしまうかわからないのに。
 ふたりは私が記憶をなくす病気だと知ったってなにも変わらなかった。
「さっきさ、小さい男の子に急に飛びつかれたんだけどあの子名前なんて言うの？」
 今日もいつものように施設へ来たユキちゃんは、椅子に座るとりんごの皮をむきながら話し始めた。
 私はベッドの背にもたれかかり、ユキちゃんから目をそ

むけ窓の外の景色を見つめながらだんまり。
「施設にはもう慣れた？」
「…………」
「龍崎さん、だっけ……？　乙葉の担当の名前。俺さ、あの人に昨日お使い頼まれたんだけど、予算オーバーすんなってゲンコツくらった」
「…………」
「たった５円なのに」
　ずっとひとり言のように繰り返されるユキちゃんの言葉。
　顔を見なくてもユキちゃんが優しく笑っているのがわかる。
　こんな私のとなりで、嫌な顔ひとつしない。
　本当にあなたは……どうしてそこまで優しいの？
　どうせなら病気を理由に離れてくれればよかったのに。
　これ以上私には近づいてほしくない。
「乙葉、窓閉めるよ。風邪引くから」
　ユキちゃんはナイフとりんごを置き、立ちあがると窓を閉め自分の着ていた上着をそっと私の肩にかけた。
　なつかしいユキちゃんの香りが私の体を包みこむ。
「寒くない？　乙葉」
　ユキちゃんがそっと私の顔をのぞきこむ。
　見ないで。
　いま、私……泣きそうな顔してるから。
「……どうして泣きそうな顔をしてるの？」
　わからない。

なんでいま泣きそうなのか。

ユキちゃんの変わらない優しさがつらいからか。

それとも……。私が病気だと知ってもなお、こうしてまた私の近くにいてくれることに安心しているからなのか。

わからないの。

「帰って……」

「やだ」

私の言葉にユキちゃんは即答する。

「どうして……？」

「たぶんさ、いま……乙葉を手放したら今度こそ本当にダメになる気がするから」

ユキちゃんはそう言うとベッドに腰を下ろし指を組みながら「それにさ……」と言葉を続ける。

「俺が自分でここにいたいと思うから」

同情ではない。

自らの意思だと言うの？

「おかしいとは思ったんだ。春休みからずっと乙葉の様子がおかしいって。でも病気だってことは見抜けなかった。一番守らなきゃいけない人なのに」

守らなきゃいけない？

私がまだユキちゃんの守らなきゃいけない人だと言うの？

「ユキちゃんはなにもわからないから、そんな簡単なこと言うんだよ……」

「かもね。でも、これから知りたいと思う。乙葉のこと全部知りたいと思う。教えてほしい。乙葉のことを全部」

そっと私の頭に触れるユキちゃんの手。
　なつかしい感触。
　大好きだった。
　こうして頭に優しく触れられるのが。
　また、涙があふれそうになってる。
「もう、遅い？」
「遅い、よ……。もう無理だもん……」
「じゃあさ、めっちゃ急ぐよ。めっちゃ急いでいままで離れていた分の時間を埋めてあげる」
　ユキちゃんバカだなぁ……。
　こんな私にまだ、そんな優しい笑みや言葉をくれるなんて。
「私はユキちゃんと一緒に、いたくない……っ……」
「嘘つき」
「嘘じゃない!!」
　私といたらユキちゃんは幸せにはなれない。
　それなら私はユキちゃんとは一緒にいられない。
　いてはいけない。
　この先長い人生の中でユキちゃんは出逢うべき人と出逢い幸せになるべきなんだ。
　だから、さよならをしたんだ。
　私の本音を見破らないでほしい。
　その優しさだけで十分だから。
　だから……。
「だから……」
　と、そのとき。

あろうことか、私のおなかがグーッと鳴ってしまった。
　こんな雰囲気の中、空気の読めない私のおなかは「おなかがすいた」と主張する。
　私は慌ててユキちゃんから顔をそらした。
「……クッ……ハハハ……！」
　ユキちゃんは私のおなかの音を聞き逃すことなく、おなかを抱え笑いだした。
「わ、笑わないでよ……」
　恥ずかしくなり体育座りをしたまま勢いよく頭まで布団をかぶる。
「ごめん……。だって……乙葉のおなか、3時のおやつピッタリの時間に鳴るから……ハハ」
　そんなにおもしろかったのか、ユキちゃんは目尻に涙をため苦しそうに笑う。
　自分の顔が恥ずかしくて真っ赤になってゆくのがわかる。
「おなかすいたの？」
「す、すいてない」
　小さい子と接するかのようなユキちゃんの声のトーンにさらに恥ずかしくなり、私は布団に潜ったまま首を勢いよく横に振る。
「でも、おなか鳴ったよね？」
「な、鳴ってない……！」
　私はあくまでも鳴っていないと否定する。
「出ておいでよ」
「や、やだ……」

あんな雰囲気の中おなかが鳴るなんて恥ずかしくて顔も見せられない。
「りんご食べなよ。皮むいたから」
「いらない」
「本当に？」
「本当に……！」
　「いらないってば」そう言おうとしたけど、またグーッとさっきよりも大きく鳴る私のおなか。
　あぁ、もう……。
　朝食と昼食残すんじゃなかった。
「な、鳴ってんじゃん」
　２度目のことに、ユキちゃんは必死に笑いをこらえようとしているけど全然こらえきれていない。
「かわいい」
「な、か、かわいくない……！」
　私はバッと布団をはぐ。
「あ、やっと出てきた」
　そんな私をおかしそうに笑うユキちゃんはりんごを差し出す。
「食べる？」
　う……。
　もう、これ以上空腹にはあらがえず、私はコクリとうなずくとユキちゃんが皮をむいてくれたりんごを口にした。
「おいしい？」
「うん……」

「そっか」
　いつ以来だろう。
　ユキちゃんとこんなやり取りをするのは。
　胸の奥の引き出しにしまった思い出が蘇ってくる。
　ユキちゃんが笑って、私が笑って。
　ただ、それだけでよかったんだ。
　いま、なんとも言えない思いが込みあげてきて。
「なんかさ……ひさびさだね。こんなふうに乙葉と会話するの」
　ユキちゃんもいま、私と同じことを考えていて。
　そしたら、ほら……。
「乙葉ー！　見て！　専門学校受かったー！」
　いつもみたいに騒がしく咲がやってきて。
「あ、ユキもいたの？」
　咲の手には合格証明書。
　そんなに早く知らせたかったのか、ぎゅっと握りしめられた合格証明書はぐちゃぐちゃで。
　走ってきたのか整わない呼吸の中、ニカッとうれしそうにかわいい顔で笑って。
「乙葉に一番に知らせたかったの!!」
　私はまた、ふたりを愛おしく思ってしまう。
「おめでとう……」
「うん!!」
　そういえば咲は小さなころからおしゃれが好きで、高校卒業したら美容系の専門学校に行き、将来は美容師にな

るって言っていた。
　『私が美容師になったら乙葉を私の人生で初めてのお客さんにする』って咲が言うから。
　『じゃあ、私は咲を指名する』って私が笑って。
　大げさに指切りげんまんなんかして約束を交わした。
　覚えてる。
　私も。
「乙葉を一番にお客にするんだから!!」
　そして、咲も。
　変わらない空間はとても温かくて。
　縋りつきたくなる。
　甘えたくなる。
　でもあの日病院で見た、私と同じ病気の娘に忘れられ涙を流す母親の姿を思い出したら、それはとてもできなくて。
　そばにいたい。
　そばにいられない。
　触れたら壊れてしまいそうなほどにもろいあのころの決意と、いまの願いが交錯(こうさく)する。

　その日の夕方。
「最近あいつら毎日来るな」
　ユキちゃんたちが帰ったあと、龍崎さんは部屋に入ってくると椅子に腰かけフッと笑った。
「どうやらお前の勘ちがいだったみたいだな」
「……勘ちがい？」

「乙葉といてもきっと、あいつらは不幸になんかならねーよ」
"不幸になんかならない"
　それはきっと一番聞きたい言葉だった。
　こんな私といてもふたりは笑えるよって。
　こんな私といてもふたりは幸せだよって。
　でも、それはただの自己満足にすぎないんじゃないかって。
　私は本当にふたりと一緒にいてもいいのかな？って。
　私といてもふたりはこの先幸せなのかな？って。
　やっぱり心が不安になるんだ。
「雪斗、いいやつじゃん。あいつ毎日俺の元に乙葉の様子を聞きに来るよ。あんないい男逃したら後悔すんじゃねーの？」
　後悔……。
「後悔ならもうたくさんしました……。何度も何度もユキちゃんに本当のこと言おうとしました。助けてほしくて甘えたくて。でも、言ってしまったほうが後悔するような気がして」
　私は淡々と言葉を述べる。
「それでも、会いたいと願って……。でも、いざ会えたら、やっぱり会わなければよかったって……」
「…………」
「もう、わからないんですっ……」
　願いと現実が交差して、頭の中はこんなにもぐちゃぐちゃ。苦しい。

「だって私……こんなんだから……生きる意味さえまだ……」
「あのさ」
　足を組み窓の外の景色を見ながら私の声を遮る龍崎さん。
「俺の話していい？」
　龍崎さんの話……？
「俺にはな、家族がいない」
「え……？」
「俺が幼いころに両親が離婚して俺は母親に引きとられたけど、母親はおかしくなった。夜を夜なちがう男連れこんで、酒に溺れて、だまされて金を貢いでの繰り返し」
　龍崎さんはどこか遠くを見つめながら言葉を続ける。
「何度も母親を更正させようとした。でも、母親は更正どころかどんどん悪いほうに染まっていって。男に貢ぐために返せやしない大量の借金までしてさ」
「…………」
「借金取りは毎日家に怒鳴りこんでくるし、俺までボコボコに殴られるし。俺、そんなときはまだ小学生で抵抗なんかできなくて……もうね、殴られっぱなし。まじで。骨は折られるわ、バットで体ぶん殴られるわで。本気で殺されるかと思った」
　龍崎さんはなつかしそうにハハッと笑うけど、私はそんなの笑えなかった。
「そんな地獄みたいな日が何年も続いた。そのあとどうなったと思う……？」
　龍崎さんは窓の外から私に視線を移す。

私は首を横に振った。
「母親は自殺したんだ。莫大な借金だけ残してな」
「そんな……」
「その日からなんかもう全部がどうでもよくなったんだわ。俺の人生ってなんでこんなクソみたいなもんなんだろって。懸命に生きようとする人間ほど痛い目を見るようなこんな不公平な世界で、真面目に生きているのがバカバカしくなった。欲しいものなんてなにもなかった。生きる意味みたいなもんを見失ってたよ。お前みたいにな」
「…………」
　私はなにも言えずただ黙って話を聞いていた。
　ぎゅっと胸をしめつけられる。
　お母さんがおかしくなって、小さな体で暴力におびえて……。
　もしも自分が龍崎さんの立場だったらと考えると体が震えた。
「そっから俺は本当にどうしようもない毎日を過ごしてきた。高校に行かずに意味もなく族入って、毎日ケンカざんまいやりたい放題の現実逃避。差しのべられたいくつもの手を振りはらって、数えきれないほどに人を傷つけてきた。償いきれないことだって何度もしてきた。そうして酒やなにかに酔ってないと生きていられなかったのかも」
　龍崎さんの過去。
　それは想像以上のものだった。
　ただ、同じなのは、龍崎さんが現実から逃げるために飛

びこんだのは私と同じ孤独な世界。
「いつ死んでもいいと思ってたよ。あいつと出逢うまではな……」
　龍崎さんはそっと薬指の指輪に触れる。
「あいつとの出逢いは簡単に言えばナンパ？　母親を見てきたからさ、女なんて適当な言葉を繕えばほいほいついてくるバカな生き物だと思ってた。でも、あいつだけはちがった。あいつだけは絶対俺に落ちなかった。だからムキになってほしくなった。なにもかもに自暴自棄になっていた俺は、あのとき初めてなにかを手に入れたいと思った」
「…………」
「俺は何度もあいつを落とそうとあの手この手を使ってきたけどもう惨敗。そのとき言われたよ。『自分に嘘ついて生きているような人は好きにはなれない』って。見透かされてたんだ。俺が逃げたこの世界は本当は自分が望んでいるものなんかじゃないって、そんな思いを」
　ただ、普通でいたかった。
　ただ、みんなと同じように過ごしたかった。
　それだけでよかった。
　でも、それがかなわないならと逃げこんだ孤独な世界。
　私と龍崎さんの抱えてきたものは全然比べ物にはならないけど、そんな思いもどこか似ている気がした。
　そして、それを見透かしてくれる人がいることも。
「じゃあ、変わってやろうと、俺は族抜けてとりあえずはバイトから始めた。中卒でアルバイトなんてお先真っ暗だ

と思ったけど、あいつはそれでいいって。そこから始めればいいと言った。あいつのために変わりたいと思った」
「…………」
「そうしてるうちにあいつも俺を認めてくれてようやく付き合いだした。本当にめちゃくちゃ幸せだった。一生一緒にいたいと思って、結婚の約束もした。こいつだけは守りたいって。俺はこいつのために生きようって。初めて生きる意味を見つけられた気がした」

そっか……。

どん底に落とされ深い傷を負った龍崎さんを救い出した人。

それがきっといまの奥さんなのだろう。

そう思ったけど、龍崎さんはそっと笑うと「でも……」と言葉を続けた。

「ダメだったんだ」
「え……？」
「あいつ、余命宣告されたんだ。脳に悪性の腫瘍ができてたんだよ」

余命……？

「わけわかんなかったわ。俺はいったいいくつ大事なものをなくさなきゃなんねーのかって」
「で、でも奥さん助かったんですよね……？　だって結婚指輪……」
「あ？　あぁ……これ？　これ結婚指輪じゃねーんだわ。ただの婚約指輪。俺らは結婚できなかった」

それはつまり……龍崎さんの大切な人はもうこの世にはいないということ……。
「未練がましいよな。あいつが死んで3年も経つのに俺はいまもずっとこれを外せない」
　龍崎さんが仕事中もずっと肌身離さずつけていたその指輪。
　それは……大切な人と果たされなかった約束の証。
「あいつが死んで俺はまた自暴自棄になった。神様なんかいねーなぁって。俺も死んであいつの元に行こうかなぁーって。また、壊れそうになった。自分がこの世で一番不幸なやつだって思った」
　龍崎さんが自ら話してくれるその過去に、私の胸はぎゅーっとしめつけられてゆく。
　どうして神様は……龍崎さんにつらい試練ばかり与えたのだろう。
「でもな？　思い出したんだ。あいつは闘病生活中、弱音なんか絶対に吐かなかった。抗がん剤治療で絶対体つらいはずなのにいつもニコニコ笑って。涙なんか見せなくて。それどころかなんにもできない俺に『そばにいてくれてありがとう』なんて言うんだ。ありがとうなんて、そんなの俺の台詞なのにな……」
「……っ……」
　龍崎さんの優しくも切なげなその表情に私の目からは思わず涙が出そうになる。
「もう助からないとわかっていても挑むことをやめなかっ

た。立派な生き様だった。俺より何百倍も。あいつのそんな姿を思い出したらさ、弱音ばっか吐いてる自分が情けなくなったんだわ。だから、俺はどうせいつか死ぬなら、死ぬ気で生きようと思った。生前、あいつが紹介してくれたこの場所で、誰かを支えられる人間になろうって。あいつが俺にそうしてくれたようにな」

龍崎さんが『とりあえず笑っとけ』って。

『自分には生きることしかできない』って。

そう言っていた意味がいまさらになってわかる。

そっか……。

『俺の知るやつはそんなことしなかったよ』

あれは龍崎さんの大切な人のことだったんだ。

私が『生きる意味がない』と嘆いたとき、龍崎さんはその人みたいに生きろと言ったんだ。

きっと龍崎さんは誰よりもつらくて壮絶な人生を送ってきた。

死にたいほど苦しくても、がむしゃらになって生きてきた。

だからこそ……。

人の心の痛みがわかる龍崎さんだからこそ、その言葉はいつも強く厳しかった。

自分が大切な人に救われたように、自分も誰かを支えたい。

そんな思いがあるからいつも真剣に向きあってくれて、いろんな人から頼りにされている。

大切なことをこんなにもたくさん教えてくれる。

「俺はな？　生きている上で幸せなことなんて１％にも満たないと思ってる。それはきっとこの世にはつらいことが多すぎるからなんだよ。次々とそんなんばかり襲いかかってくるから、そこにある幸せに気づけない」

「……うん……っ……」

「でも、本当はそんなの自分が見ようとしなかっただけなんだよ。幸せなんて、生きる意味なんて本当は自分のすぐそばにあったんだ」

　龍崎さんは胸ポケットから１枚の写真を取り出す。

　そこに写るのは……龍崎さんと、とても清楚で綺麗な女の人だった。

　病室で肩を並べ手をつなぎ幸せそうに笑うふたり。

　その顔はとても穏やかで幸せそうな表情をしていて、写真からでもふたりの仲のよさが伝わる。

「俺にはそれを教えてくれたやつがいたんだよ」

　いまも龍崎さんの心の中に生き続け、龍崎さんに生きる意味を与えた大切な人。

　約束は果たせなくとも、いまもふたりは寄り添いながら生きている。

「お前にもいるんだろ？」

　いるよ。

　私にもいるよ。

　私に生きる意味を、幸せをくれる人は。

　いまもずっと変わらなかった。

　龍崎さんが大切な人をいまも変わらず大切に想うのと同

じように。

　私が病気だと知っても変わらずにいてくれたユキちゃんや咲と同じように。

　私にも変わらない大切なものがあった。

　どれだけ強がって、もういらないって言ったって結局は必要で。

　じゃあ、どうやってそれを取り戻(もど)すの？

「俺とお前はどこか似てる気がするよ。けどお前はまだ、間に合うだろ。俺はお前に後悔をしてほしくないから言う。本当に伝えたい思いがあんなら、強がりとか綺麗事とかそんなの抜きにして大事なもんがあるなら、手放さず自分の手で守りぬけよ、乙葉」

　いや、もう答えならすぐそこにあるんだ。

　いまユキちゃんの顔が思い浮かぶのがきっとなによりの証拠なんだ。

　本当はもう、強がりでは隠せない気持ちに気づいている。

「お前には、母親も、友達も、恋人もいる。それってたぶん、すげーことだろ。別にいいじゃねーか。迷惑かけても。つらくなっても。一緒にのりこえることができたなら。その代わりもう絶対に手放すな」

　そうだった。

　私は自分だけが不幸だって決めつけていた。

　こんな私といたら大切なものまで壊してしまうかもしれないと思っていた。

　たくさんの優しさを振りはらい、勝手に生きる意味を見

失っていた。
　でも、それだけのことだった。
　私がいくら振りはらおうともその優しさが変わることなどなかった。
　いつだって私の幸せは、戻る場所は、変わることなくすぐそこにあったんだ。
　ぬぐいきれなかった想い。
　手放すことなんて到底(とうてい)無理だったんだ。
「龍崎さんは……いま幸せですか……？」
　こんな質問していいかわからないけれど。
　いつも強くて明るい龍崎さんでも、やっと幸せをつかんだ矢先、大切な人を亡くし、その人をふと思い出したとき、私たちの知らない場所で、本当は泣いているかもしれないけれど。
「龍崎さんは……生きててよかったと……いまそう思いますか……？」
　私は、確かめたかった。
　すると、龍崎さんは手に持った写真をそっと見つめ、
「いまが一番幸せだと思う」
　そう笑うと、
「こいつが俺に生きる意味をくれたからな」
　そっと涙を流した。
「あーあ。泣かせんなよ、バカ。つーか、こんなに俺の話させんな」
　龍崎さんは不意にあふれた涙を親指でぬぐうと「まぁ、

お前にもきっとわかるから」そう言ってまた笑った。
　もう、隠すのはやめよう。
　もう、これ以上強がれない。
　もしかしたら私のせいで、涙を流すことになるかもしれないけれど。
　もしかしたら私といたら、つらい思いばかりするかもしれないけれど。
　それでもまだ……願ってもいいのなら。
　私はどうしても……。
「龍崎さん、ありがとうございます……っ……」
「もう迷いなんてどこにもねーよな？」
　あの人と……ユキちゃんと生きていたいんだ。

一緒に生きてくれますか？

　龍崎さんに背中を押された私の心に迷いはなかった。
　もしも素直(すなお)になってもいいのなら、私はどうしてもユキちゃんに伝えたいことがあるんだ。
　ユキちゃんが部屋に来たら一番に伝えたい。
　早く早く伝えたい。
　うまく伝わらないかもしれない。
「もう遅い」と言われたっていい。
　それでも伝えたいんだ。
　——ガラッ。
　いつもユキちゃんが来るときと同じ時間にドアが開く。
「ユキちゃ……」
「なに？　雪斗君だと思った？」
　でも、部屋に来たのはユキちゃんではなく梨香子ちゃんだった。
　梨香子ちゃんと顔を合わすのはクリスマスの日以来。
「座っていい？　まぁ、座るけど」
　自問自答し、椅子に座る梨香子ちゃんは、ふわふわの髪を耳にかけ細い脚を組む。
　梨香子ちゃんは口を開かず、私も開かず。
　なにしに来たのだろう……。
　もしかして、またなにか言われる？
「……私のこと恨んでる？」

「え?」
　恨んでる……?
　梨香子ちゃんの口から発せられた言葉は、思いもしない言葉だった。
「な、なにが……?」
「はぁ?」
　梨香子ちゃんはボケーっとする私に信じられないといった様子で勢いよく立ちあがる。
「なにとぼけてんの!?　私……さんざん乙葉にひどいこと言って傷つけたでしょ!?　なにも知らないくせに私は乙葉に……っ……」
　そこまで言うと梨香子ちゃんは言葉を詰まらせた。
「殴っていいよ……。私のこと。あ、顔はやめてね……」
「殴らないよ。だって恨んでないもん」
　恨んでなんかない。
　私、わかるもん。
　ユキちゃんを好きになる気持ち。
　たぶんね、私が梨香子ちゃんの立場だったとしても、私も好きなままでいたと思う。
　たとえ、ユキちゃんに彼女がいたとしてもあきらめることなんかできなくて、自分が彼女ではないことを悔やんでいたと思う。
　あの人は本当に優しい人だから、嫌いになることなんてできないもの。
「うらやましかったの……。ずっと。咲のとなりにいられ

て、雪斗君の彼女になれて幸せそうな乙葉が。ずっとずっとうらやましかった」
「うん」
「ムキになってた……。自分のことしか考えてなかった。ごめん……」
　そうつぶやく梨香子ちゃん。
「私はさ……乙葉はすごいと思う。自分が悪者になっても雪斗君たちの幸せを願える乙葉が……私は本当にすごいと思う!!」
「…………」
「私にはきっとできなかった。でも乙葉の想いはいま、痛いくらいわかる」
　愛にはきっといろんな形があって。
　それは人の数だけ異なるけれど。
　それでもその人を想う一途な心だけはみんな一緒。
　だから私には梨香子ちゃんの気持ちがわかる。
　だから梨香子ちゃんには私の気持ちがわかる。
「ありがとう。梨香子ちゃん……」
「なに、お礼言ってんの。バカじゃない!?」
　私たちはまた友達に戻れるかな？
　いや、きっともう。大丈夫だよね。
「い、言っとくけど私は乙葉がいなくなって雪斗君に告白しても振られたから!!　しかも３回もね!!　咲だっていつも乙葉の話してたから!!　でも私も大切な友達だってふたりはそう言ってくれたんだから!!」

お互いの気持ちがわかりあえるいま、また、私たちは笑いあえる。
「は、話はそれだけだから！　じゃあね!!」
「うん。気をつけてね」
　私が手を振ると、梨香子ちゃんはプイッと顔をそむけるけどまたくるりと振り返る。
「ま、また来てあげるから!!」
「うん。待ってる」
「つ、次はケーキ持ってきてあげるから一緒に食べるんだからね!!　じゃあね!!」
　怒った口調はきっと照れ隠しなんだろう。
　そんな梨香子ちゃんがおかしくて私は少し笑ってしまう。
　と、そのとき。
　部屋のドアが開いた。
「あれ。花宮。来てたの？」
　入ってきたのはユキちゃんだった。
　ユキちゃんは「めずらしいね」と首をかしげる。
　梨香子ちゃんはそんなユキちゃんに、
「わ、私は雪斗君よりもイケメンで優しい彼氏を作るんだから!!　バーカ!!」
　と台詞を吐いて逃げるように去っていった。
「え？　なにあれ？」
　ユキちゃんは去っていく梨香子ちゃんの背中と、私の顔を交互に見ながら不思議そうな顔をする。
「花宮となに話してたの？」

「……女の子だけの秘密だよ」
　私がそう言うとユキちゃんは「なにそれ？」と納得いかないような顔をしながらもいつもの定位置に腰を下ろした。
「あのさ」
「あのね」
　そしてひと息つく間もなく、ハモるふたりの声。
「なに？」
「ううん。ユキちゃんからどうぞ」
　フルフルと首を横に振るとユキちゃんの言葉を待つ。
「俺さ、乙葉を困らせるかもってずっと我慢してきたけど、やっぱりどうしても伝えたいことがあるんだ」
「伝えたいこと……？」
「まだそんなこと思ってんのかよ、って思われるかもしれないけれど……」
　ユキちゃんはそこまで言いかけていったん息を吐くとこう言った。
「もしも、まだ間に合うなら……俺たちやり直せないかな？」
「え……？」
　それは……その言葉は。
　私がいまから言おうとした言葉と同じだった。
　恋人に戻れなくともいい。
　友達として付き合おうと言われてもいい。
　そう覚悟していたけれど、ユキちゃんも同じことを思っていたの？
　まだ、好きなの？

まだ、私のこと好きなの？
　　ユキちゃんがこうして変わらずにいてくれるのは同情や友達としてではない。
　　あのころと同じ。
　　恋人として私をまだ想っていてくれるからなの……？
「ユキちゃん……」
「ん？」
「その言葉は……まだ私のことが好きって言ってるように聞こえちゃうよ？」
　　期待しちゃうよ？
　　嘘じゃないの？
　　信じてもいいの？
「バーカ」
　　私は、もう一度……。
「聞こえるんじゃなくて。そう言ってるんだよ」
　　あなたの彼女でいられるの……？
「好き。俺は乙葉が、好きだよ」
　　ユキちゃんの口から出る「好き」の言葉。
　　もう二度と聞けないと思っていた、たった2文字のその言葉は、不思議なほどに優しくて切なくて温かい。
「ずっと、乙葉に逢いたかった。いまだから言うけど乙葉の転校先だって探した。だってずっと、乙葉が好きだったから。そして、いまも好きだってそう思うんだ」
　　初めて好きだと伝えあったときと同じ。
　　いま、とてもドキドキしてその瞳に吸いこまれてしまい

そうな。
「で、でも……私……こんなんだよ……!!　記憶だってあいまいで……いつかユキちゃんのことを忘れちゃうんだよ……!!　もしかしたら……ユキちゃんが……幸せになれなくなっちゃうかもしれないんだよ……っ……?」
　でも……。
「それでもさ……」
　でも、それ以上に。
「それでも、俺と一緒に生きようよ」
　いま、たまらなく愛おしく感じるの。
　優しいその笑みが。
『一緒に生きよう』
　迷いのないその君の言葉が。
「ふたりでなら、きっとなんでものりこえられるよ」
　おとといよりも、昨日よりも。
　もっと君を愛おしくさせる。
「ユキちゃんは……幸せに、なれる……っ……?」
「なれるよ。乙葉がいないと俺は幸せにはなれない。乙葉が俺を幸せにしてよ。そしたら、俺が乙葉をめちゃくちゃ幸せにしてあげるから」
　根拠なんかどこにもないけれど。
　明日、私たちが笑えている保証なんかないけれど。
　君はそれでもいいと言うんだ。
　君は、こんな私をまだ好きでいてくれて。
　私がいないと幸せにはなれないと言うんだ。

「たとえ、乙葉がどんな不幸を引きつれてきても、どんな過酷な未来を引きつれてきても、俺がその全部を一緒に背負い生きてあげるから。だから、俺のところに戻っておいで」
　だから……。
「嫌じゃないなら俺の手を握って。そしたらもう……絶対に離したりしない」
　だから、私は、差しのべられたその手をやっと握ることができたんだ。
　ユキちゃんの手のひらに触れる私の手のひら。
　ユキちゃんはそのまま私の手を握る。
　強く、強く、強く。
　もう、離れないように。
　もう、絶対手放すことのないように。
　私も……。
　私も伝えなきゃ。
　自分の気持ちを。
　ユキちゃんにはずっと笑っていてほしい。
　幸せになってほしい。
　その気持ちは変わらない。
　でも、本当は私がいなくても幸せになって。なんてそんなのは嘘。
　本当は、となりにいてほしい。
「なんでっ……なんで、もっと早く気づいてくれなかったの……！　どうしてひとりにするの……！　ずっとずっとひとりで苦しかった……!!　寂しかった……!!」

「うん。ごめんね」
　どこにも行かないでほしい。
「私は……ユキちゃんがいないと立ちあがれない……!!頑張れない……!」
　一緒にのりこえてほしい。
　たとえ、これ以上耐えられないような困難に襲われようと、深い深い絶望の底に落とされようと。
　私と同じ道を歩んだとして、君が不幸になってしまうとしても。
　私と君が生きている限り同じ道を歩んで、そばにいてほしい。
「ずっとユキちゃんが好きだった……!!」
　だって私も、ずっとずっと君が好きでした。
　そして、いまでも。
　どこまでも優しい君が。
　愛してくれる君が。
　好きで、好きで、好きで。
　息もできなくなるくらいに。
　君が好きでたまらないのです。
「たとえ、行き着く未来が暗闇しかなくても……。それでも……それでも私と……一緒に生きてくれますか……?」
　ユキちゃんが私の体を引きよせ抱きしめる。
　私の後頭部と背中にあてた手には苦しいほどに強く力が込められる。
「もちろん。乙葉とならどこへでも」

そして、私の耳もとでそう言ったんだ。
「暗闇だろうがなんだろうがどこへでも一緒に行ってあげるよ。だから、約束しよ。もう俺から離れるのは禁止。離れないで俺のとなりにいなよ。な？」

たくさん遠回りしたけれど、一度はちがった道がもう一度交わる。

これでふたりが行き着く未来は一緒。
「約束、する……っ……」

でも君がいるいま、不思議となんにも怖くないや。
「乙葉、顔見せて？」

そっと顔を上げると唇に落とされる優しい優しいキス。
「おかえり、乙葉」
「うん……っ……。……ただいま……っ」

私の戻る場所は昔もいまも変わらない。

ユキちゃんと別れた日からずっと我慢してきた涙が止まることなく流れる。

ぬぐってもぬぐっても止まらずユキちゃんは「泣き虫」って笑ってくるけど。

でも、よく見たらユキちゃんの目も少しだけ潤んでいるから。

私は「うるさい！」って言いながらもまたたくさんの涙を流すんだ。
「乙葉!!」

突然開く部屋のドア。

入ってきたのは咲。

外で聞いていたのか咲は号泣していて。
「私のも撤回しなよ……!!」
　ずかずかこっちに歩みよってくると、
「友達やめるって言葉撤回しなよ……!!」
　ユキちゃんと同じように抱きしめてくれた。
「うん……!!　撤回、する……!　私はずっと咲と……友達でいたい……!　咲が大好き……!」
「もう……!　遅いっつーの!　バカ!!」
　泣きながら熱い抱擁を交わす私と咲を、ユキちゃんは優しく見つめる。
「これで私たちはまたずっと一緒なんだからね……!　もうひとりになんかさせてあげないんだから……!」
　よかったんだ。
　素直になっても。
　一緒にいたいと願っても。
　私は、ひとりぼっちなんかじゃなかったんだ。
　ありがとう。
　本当にありがとう。
　この言葉は何度言っても足りないや。
　どうかこれからもずっと一緒にいて。
　ずっと3人で笑いあって。
　なくならない記憶を刻んで。
　これからもとなりにいて笑っていて。
　それだけでね……。
　私は明日がとても幸せな1日になる気がするんだ。

3章

刻まれるもの忘れゆくもの

「ユキちゃんまだかなぁ……」
　ユキちゃんがまた私のとなりにいる日が始まった。
　私はさっきからずっと時計とにらめっこ。
　まだユキちゃんは来ないかなぁって。
　早く会いたいなぁって。
　部屋をうろうろしては時計を見ての繰り返し。
　でも、なんだかこんな待ちこがれる時間も幸せで。
　会えたときの喜びはそれ以上に大きくて。
「乙葉。今日外めっちゃ寒か……」
「あ！　ユキちゃん!!」
「わっ……ちょっ……」
　部屋のドアが開いたと同時にユキちゃんめがけて走ると勢いよく体に飛びつく。
　ユキちゃんはよろめきながらも私の体を受けとめると「なんでいつも飛びつくの？」と笑った。
　ユキちゃんたちはもう学校が始まって冬休みのときみたいにはたくさん会えないから、こうして会えるこの時間がすごく待ち遠しいんだ。
　ここに来るといつもユキちゃんは、いろんな話を聞かせてくれた。
　今日は咲が先生に怒られてたとか。
　今日は抜きうちテストがあったとか。

そんな学校であったことを聞くたびに私はなんだか学校が恋しくなったりもする。
　せめて卒業くらいしたかったなぁって。
　でも、ユキちゃんと過ごすこの時間はそんな思いすらかき消すほどに幸せで。
　だから、お別れする時間はいつもなんだかとても寂しくて。
「もう、帰っちゃうの……？」
　午後6時ごろ。
　ユキちゃんは「そろそろ帰るね」と首にマフラーを巻くと鞄を肩にかけた。
　私はユキちゃんのブレザーの裾をくいっと引っ張りうつむきながら「やだ」と子どもみたいな言葉を吐く。
「また来るよ」
　ユキちゃんは、ぽんぽんと私の頭に手を置いた。
　そんな行為すら、ユキちゃんとのお別れを寂しくさせダダをこねてしまう。
「そんなに寂しいの？」
「寂しい……」
「子どもみたいだね」
　ユキちゃんはククっと笑い「じゃあ、あと少しだけね？」と鞄を肩から下ろしベッドに腰を下ろした。
　なんだかんだで甘やかしてくれちゃうユキちゃんはきっと無自覚なんだろう。
「乙葉さ、この使い方覚えてる？」
　ベッドに座り、「あ、そうだ」とユキちゃんがポッケか

らあるものを取り出した。スマホだ。
「スマホ……？」
「うん。乙葉のある？」
「あるけど……」
　私は棚の上に置いてあるスマホを手に取ると、ユキちゃんに差し出した。
　スマホなんて施設に入ってから、もうずっと使ってないので使い方を忘れてしまったかもしれない。
　いろんなアイコンがあるけれど……どれがどれだろう。
「乙葉見てて。このアイコンがメールで、このアイコンが電話」
「うんうん」
　アイコンを押しながらスマホの使い方を丁寧に教えてくれるので、ユキちゃんの人さし指を相づちを打ちながら目で追う。
「それで、これが電話帳で……この名前を選択すると……」
　画面をタッチしたと同時にユキちゃんのスマホが音を立て鳴りだし、私の体がビクッと揺れる。
「ほら、俺につながる」
「本当だぁ……」
　ユキちゃんのスマホの画面には
《乙葉》
　と表示され、私のスマホの画面には、
《ユキちゃん》
　と表示されている。

「乙葉が俺に会いたくなったとき、この名前を選択しなよ。そしたらすぐに俺が出るから」
「そんなの……分刻みでしちゃうよ？」
「ハハ。それは困るかも」

　これを使えばユキちゃんとつながれるんだ。
　離れてても会話ができるんだ。
　これならユキちゃんに会えない時間を少しだけでも紛らわすことができる。
「ん？」
　よくわからないけどなんだかうれしくて、思わずユキちゃんの顔を見つめてしまうと、ユキちゃんは首をかしげる。
「なに？」
「ううん。ありがとう」
　ありがとう、ユキちゃん。

　次の日から、私はユキちゃんにメールや電話をするようになった。
　ユキちゃんが教えてくれたように電話帳を開きユキちゃんの名前を選択してメールなら毎日送る。
《ユキちゃんおはよう》
《あさだよ。おきた？》
《おやすみ。またあしたね》
　使い方もあいまいで、漢字もあまり思い出せなくて、こんなひらがなばかりのメール。
　1通送るのに何分もかかってしまうし、誤字ばかりだけ

どユキちゃんはかならず返信をくれた。
《おはよう》
《ねぼうしたー。ねむい》
《うん。またあしたね》
　こんなふうに私に合わせて、私が読めるようにユキちゃんもひらがなでメールを返してくれる。
　だから私は離れている時間もユキちゃんとつながっていられる幸せを感じることができた。
　ユキちゃんは受験生で最近は忙しくて、毎日のように施設には来れなくなったけど、これでなんとか寂しさをやり過ごしていた。
　でも……。やっぱり会いたくなっちゃう。
　とくに、夜眠る前は。
　ワガママだよね。
　けれど、たった1日逢わないだけでユキちゃんの顔を忘れてしまうかもしれないって思うと、不安になってしまうの。
　明日、私の記憶の中からユキちゃんが消えたら？
　そんなことを思うと夜も眠れない日だってある。
　今日もなかなか寝つけず、私はベッドから起きあがると小さなあかりをつけてスマホを手に取った。
　カメラロールを開くとそこにあるのはユキちゃんと私のたくさんの写真。
　いつどこで撮ったのかはまったく覚えていないけれど、どれも全部幸せそうで。私が盗撮（とうさつ）したのか、ユキちゃんの寝顔や後ろ姿の写真なんかもあったりして。

そんな写真を見ているだけで「声が聞きたい」なんて思いが込みあげてくる。
　でも、もう夜中だし電話なんかしてもユキちゃんはきっと寝ているから我慢。
　もう2日も逢えていないけれど、明日になればまた逢える。
　そう言いきかせスマホをテーブルの上に置こうとしたとき、メールが届いた。
　慌ててメールを確認するとユキちゃんからのメールだった。
《おきてる？》
　《おきてる？》ということはユキちゃんもいま起きてるってことで。
《おきてるよ！　どうしたの？》
　私は急いで返信をした。
《きゅうにこえがききたくなった。でんわしてもいい？》
《てか、あいにいってもいい？》
　立て続けに送られてきたメール。
　逢いにいってもいい？って。
　こんな真夜中に？
　そう思ったけど私もいますごく逢いたくて《まってる》と返信をした。
　……でも逢いに来るってどうやって？
　施設はもう閉まっているし、夜勤の人にばれたら怒られちゃうし……。
　そんな心配をしながらユキちゃんを待つこと30分。

コンコンと窓が叩かれた。

まさか……。

私はバッとベッドから出ると窓のほうへ行き鍵と窓を開けた。

「逢いに来ちゃった」

そこにいたのは予想通りいたずらっぽく笑うユキちゃんだった。

そっか……。

この部屋は1階だから窓から入る手があったんだ。

「本当に来てくれたんだね」
「突発(とっぱつ)的にね」

私はユキちゃんの頭に積もった雪を手のひらで払ってあげる。

「乙葉も俺に逢いたかった？」
「うん。私も電話しようとしてた」
「一緒だね」

こんなの……言葉通り以心伝心だ。

なんて言ったらユキちゃんは大げさだって笑うかな？

ユキちゃんは靴を脱ぐと軽々と飛びこえ部屋に入り「侵入(しんにゅう)成功」と子どもみたいに笑う。

「ユキちゃん。子どもみたーい」
「は？　乙葉には言われたくないし」

私がケラケラと笑うとユキちゃんは「もう、来てやらない」なんて、すぐイジワルな言葉を言っていじめてくる。

「もー。ユキちゃんはすぐイジワ……ん！」

「しー。ちょっと静かに」
　突然、ユキちゃんに手で口を押さえられた。
　後ろには壁、前にはユキちゃんで身動きが取れない。
　理解できないでいると……。
「乙葉、うるさいぞ。なにしてんだ？　まさか誰かいるのか？」
　外から龍崎さんの声がした。
　そうだった。今日の夜勤は龍崎さんだった。
　まさか人の気配を察したとか？
　ユキちゃんすごい。……じゃなくて。
　消灯時間になってもベッドにいないだけで怒られるのに、ユキちゃんがここにいることがばれたらきっとめちゃくちゃ怒鳴られる……!!
「ユキちゃんどうしよ……」
「こっち」
　ユキちゃんは私の手を引くとそのままベッドに入った。
　え？　え？
　どういうこと？
「俺、もぐってる。適当に頑張って」
「へ？　あ、ちょっと……ユキちゃん……！」
　ユキちゃんが布団にもぐってしまいあたふたとしていると、ドアが開く。
「……ん？　なんだ？　誰もいねーじゃん」
　辺りをキョロキョロ見渡す龍崎さんは部屋が暗いからか、布団の不自然な膨らみには気づいていないらしい。

「あ、あたり前ですよ……。何時だと思ってるんですか。起こさないでくださいよ……」

　私はばれないよう不自然に目を擦りながらも平静を装う。
「俺の勘ちがいか。悪ぃ。おやすみ」

　再びドアが閉められると思わず安堵のため息があふれる。
　か、間一髪だった……。
「もう行った？」

　ユキちゃんはひょこっと布団から顔を出し「危なかったね」と笑った。
「もー。私ヒヤヒヤしたよ」
「なぁ」
「……ん？」

　モゾモゾと枕の場所まで上がり、くるっと体をこっちに向けるユキちゃん。

　そして、目と鼻の先まで顔を近づけてくると不意打ちにキスをしてきた。
「な……！」

　ブワッと赤くなる私の顔。
「久しぶりだね。こうやって一緒のベッドに入るの。もっと近くに来なよ」

　ぐいっと腰を引きよせられ、ユキちゃんと私の体が密着する。
「きゅ、きゅうにしたら恥ずかしいじゃん……」
「乙葉に触れたくなった」

　そっと髪をなでられると、その手つきにドキドキしなが

らも、安心感に包まれどんどん眠気に襲われてゆく。
　私がふわっとあくびをするとユキちゃんにもあくびが移って「眠たいね」と小さく笑いあった。
「眠たいなら寝なよ」
　私の体をすっぽりと包みこむその温もりがとても心地いい。
「でも朝になったら龍崎さんに怒られちゃうよ……」
「大丈夫だよ。俺は寝ないから」
　本当かな？
　ユキちゃんも結構眠そうだけど……。
　ユキちゃんもそのまま寝ちゃわないか心配だけど、耳もとで「おやすみ」とそっとささやかれるともう眠気も限界で。
　ユキちゃんに髪をなでられながら気づいたら私はユキちゃんの胸の中で眠っていた。
　いつ以来だろう。
　こんなふうに、眠れたのは。
　いつも夜眠るのが怖くて嫌いだったのに。
　ユキちゃんがとなりにいるだけでこんなにも安心できる。
　きっとユキちゃんはそんなことも見透かしているのだろう。
　本当に君は……私のことはなんでもお見通しだね。
　私……いま、すごく幸せだなぁと思うよ。
　次の日の朝は、結局ユキちゃんもそのまま寝てしまい龍崎さんにばれてすごく怒られちゃったけど……ね。

数日後。
　最近は、毎日のように雪が降っていて、凍えるように寒い日が続いている。
「乙葉！！」
　部屋でリハビリのため龍崎さんに出された課題をしていると、ユキちゃんがやってきた。
　めずらしく慌ただしい様子のユキちゃんはなんだかとてもうれしそう。
「どうしたの？」
「外出許可もらってきた」
「え？」
　外出許可……？
「ずっと施設長と龍崎さんに頼んでたんだ。やっと許可もらえた」
　嘘……。本当に？
　ていうか……ユキちゃんは私の知らないところでそんなことしていてくれたの？
「明日だけだけどさ、どこ行きたいか考えておきなよ」
　あぁ、もう。ユキちゃんはずるい。
　私のしたいこととか、私の望んでいることとかすべてやっちゃうんだから。
「プ、プラネタリウム行きたい……。ユキちゃんとお昼ご飯を食べに行って、雪だるまとか作って……手をつないで歩きたい……」
「うん。しよう。全部しよう」

たった1日。されど1日。

でも、その1日はとても望んでいたもの。

もう一生ここから出られないかもしれないと思っていたから。

ユキちゃんとはもうデートなんかできないと思っていたから。

外出の許しがなかなか出なかったのはユキちゃんが「ふたりで出かけたい」と言ったからだという。

私はこんな病気だから、もしかしたらユキちゃんとはぐれ迷子になってしまうかもしれない。

突然、自分のいる場所がわからなくなりパニックになってしまうかもしれない。

そんなリスクがあるから龍崎さんたちも「ダメ」の一点張り。

それでも、ユキちゃんの根気強さに負けたのか最終的には「1日だけ」という条件つきで許しが出た。

「明日は朝一番に迎えに来る」

「うん！」

明日は、あふれんばかりの思い出を残そう。

たった1日の中に何日分もの思い出を刻もう。

私はその日はまるで遠足前日の小学生みたいにワクワクして眠れなかった。

次の日は、本当に朝一番にユキちゃんが迎えに来てくれた。

ひさびさのユキちゃんとのデートだから今日はめいっぱいおしゃれをした。

お母さんに家からメイク用品やコテを持ってきてもらって、薄くメイクを施し、髪をゆるく巻き。
　頭に白のニット帽を被り、黒のタイツと、靴は茶色のブーツ。
　上着は去年の冬にユキちゃんに買ってもらったピンクのダッフルコートを羽織った。
「いいか？　なにかあったらすぐに電話しろよ？　それから……」
「龍崎さん……それ何回も聞きましたよー」
　玄関まで見送りに来た龍崎さんはさっきから何度も同じことを言う。
「だって……あー。まじ心配。新山さん、本当に子どもたちだけで外出許可出してよかったんですか？」
「ハハ。彼がいるなら大丈夫さ」
　心底心配そうな龍崎さんとは対照的に新山さんは「楽しんでおいで」と和やかに笑う。
「外出許可とか聞いてないんですけど！　ユキずるい!!　私だって乙葉とお出かけしたいのに!!」
「私たちも乙葉と遊びたい！　雪斗君私も連れてってよー」
　たまたま私とユキちゃんたちが施設を出る時間にやってきて、私たちが外出許可をもらったことをいま知った咲と梨香子ちゃんはブーブー文句を垂れる。
「ダメ。絶対嫌。今日は乙葉と俺だけで過ごすんだから。ね？　乙葉」
　まるで、ひとりじめするみたいにユキちゃんは私を引き

よせる。
　そんなところがまたかわいい。
「う……。ずるいー」
「じゃあ、夕方になったら電話するから合流しよ。それまでは俺と乙葉だけの時間」
「それなら……」
　まだ腑に落ちない様子だけど、咲たちはしぶしぶうなずくと「楽しんできてね」と笑う。
「うん！　じゃあ、行ってきます!!」
「あぁ、気をつけてな。雪斗。乙葉のこと頼んだぞ」
「はい。任せてください」
　みんなに元気よくあいさつをし、施設を出る。
　ユキちゃんと私の久しぶりのデート。
　私の胸はドキドキして。
　となりを歩くユキちゃんは「どこから行こうか」と楽しそうに笑いながら歩いている。
　ふと、視線を落とすとユキちゃんの右手が空いている。
　手、つなぎたいなぁ……。なんて思って。
　私からつないでみようかな？　とその手を握ろうとしたら「ん」とユキちゃんから私に右手を差し出して、「つなぎたいんでしょ？」と優しく笑うから。
　私は顔をぱあっと明るくして「うん！　つなごう！」とユキちゃんの右手を握った。
　久しぶりだなぁ。
　こんなふうにユキちゃんと手をつないで歩くのは。

最後に手をつないで歩いたとき、どこへ行ったのか思い出せないけれど。
　雪で白く染まる地面に同じ足跡をつけ、いまこうしてふたりで歩いている。
　それだけでなんだかとても特別なことのように思えた。
　電車をのりつぎ、プラネタリウムへ向かう。
　休日で混んでる電車。
　私たちは椅子に座りたわいない話をしたり、同じイヤホンを使って音楽を聴いていたりしたけど、ユキちゃんはスッと立ちあがると大きなおなかをしている妊婦さんに「どうぞ」と席を譲った。
　「ありがとうございます」と微笑み椅子に座る妊婦さん。
　まだ何駅もあるのに大丈夫かな？
　私も立っていたほうがいいかな？
　と思ったけどユキちゃんは私の前に立ち「乙葉はいいよ」と手すりをつかんだ。
　こんなことをさり気なくやってしまうユキちゃんはやっぱり優しくてかっこよくて。
　本当にユキちゃんはこういうところ変わらないなぁ……。
　こういうところにみんなは惹かれるんだと思う。
　窓の外の景色を見ているユキちゃんに思わず見惚れてしまっていると「素敵な彼氏さんですね」ととなりの妊婦さんに耳打ちされ、私は「自慢の彼氏です！」と笑って答えた。
　電車を降りるとプラネタリウムへは徒歩。
　その間もはぐれないようにとずっとつながれる手。

プラネタリウムへ着くと、科学館の中にはいろんな展示物があって私は興味津々(しんしん)でたくさん見て回った。
「ユキちゃん！　ユキちゃん！　こっち！　ほら、早く！」
「そんなにはしゃぐと転ぶよ」
　腕をぐいぐい引っ張る私にユキちゃんはあきれ笑い。
　しばらくの間ぐるぐると科学館を歩いていると『まもなく、プラネタリウムドームにて投影が始まります』とアナウンスが鳴った。
「いこっか」
「うん！！」
　私たちはプラネタリウムドームへと入るとリクライニングシートに腰かけそっと倒す。
　端から端まで広がる星のこんな真下で寝転んでいるなんて贅沢だなぁ。
　まるで異世界にいるかのようだ。
　説明とともに現れる星座は本当に神秘的でリアルで本物を見ているみたい。
「わぁ……すごい……」
　あまりの綺麗さに感動しながらふと横を見ると、ユキちゃんはおもしろいくらい真剣に説明を聞きながら星を眺めている。
　その横顔とか、ユキちゃんの瞳に映る星とか、なんだかとても綺麗で。
　なぜかキュッと胸をしめつけられる。
　気づいたら私は星ではなくユキちゃんをガン見。

「あのさ、乙葉？」
「んー？」
「いや、んー？ じゃなくて、星を見なよ。なんで俺見てるの？ 視線気になるじゃん」
　あ、ばれてた……。
「……ユキちゃんはまさに星の王子様だね。かっこいい」
「またわけのわからないこと言ってるし。ほら、見て。あの星座。あれが双子座だって。乙葉双子座だろ？」
　ユキちゃんは指をさすけど、私はユキちゃんをガン見していたせいで説明を聞いていなかったので、どれのことを言っているのかいまいちわからず「どれー？」と聞き返す。
「乙葉、ちゃんと説明聞いてた？」
「ううん。ユキちゃん見てた」
「バーカ」
　クスクスと笑うユキちゃん。
　私はもう一度満天の星たちを見上げる。
　いつの日かお母さんが言っていた。
　この世には星の数ほどの人がいるって。
　そう考えたらさ、その中で同じ国に生まれ、同じ学校を受験し、出逢えて、恋をして。
　こうしてとなりにいられることは何億分……いや何十億分の1の奇跡なんだって思うんだ。
　もしも、私とユキちゃんが生きていた人生の中でなにかひとつでもずれていたら、ふたりは出逢うことはなかったのかもしれないのだから。

「ユキちゃん……」
「なに？」
「私に奇跡をくれてありがとう」
　私の口からはつい「ありがとう」なんて言葉が。
「ん。どういたしまして？」
　ユキちゃんはなんのことを言っているのかわからない様子だけど、私は心から思う。
　こんな奇跡のような幸せをくれて本当にありがとうって。
　プラネタリウムを出ると、すっかりお昼を過ぎていて私たちはお昼ご飯を食べに行くことに。
　ユキちゃんが連れてきてくれたのはおしゃれなオムライスのお店。
「乙葉ここめちゃくちゃ好きだったんだよ。よくふたりで来てた」
「へぇ……」
　ここに来たことはもう覚えていないけど、ユキちゃんと同じオムライスを注文し口に運ぶと、その味がなんだかなつかしく思えた。
「おいしいね」
「そう？　よかった。次はどこに行く？」
　たった1日しかない今日。
　無駄にしないようにとユキちゃんはどこへでも連れていってあげると言う。
　でも、私はユキちゃんといられたらどこでもいいのかもしれない。

それがたとえ施設の中だって。
　だって、こうしてご飯を食べながら会話しているだけですごく楽しいもん。
　だから「どこでもいい」と言うとユキちゃんは「それが一番困る」と困ったように笑った。
　1時間くらいしてお店を出ると、いつの間にか雪が降っていた。
「ユキちゃん、見て。雪降ってる……」
「寒っ……」
　あまりの寒さにユキちゃんと私は身震いする。
　行くあてもなく、ただ雪の降る中ゆっくり手をつないで歩く。
　体は冷たいのにつないだ手は温かい。
　周りから見たら私たちちゃんと恋人同士に見えてるかな？
「なにぼーっとしてんの？　どうしたの？」
「あ……ううん。私ちゃんと彼女に見えてるかなぁーって」
「なにそれ。彼女じゃん」
　いや、まぁ……そうなんだけれど。
　私、童顔だしユキちゃんは大人っぽいし兄妹にしか見えてなかったらどうしようって思うんだよ。
　でも……。
「乙葉、乙葉」
「ん？」
　ユキちゃんに呼ばれ振り向くといきなり顔に雪玉を投げられた。

「うわっ！ なにすんの！ もう！ 冷たいじゃん！」
「はは。また引っかかったね」
　こんないたずらをして笑ってるユキちゃんもじゅうぶん子どもっぽいよね。
「ごめんね？ 大丈夫だった？」
「謝るくらいならしないでよー」
　さり気なく自分のしていたマフラーを私の首に巻いてユキちゃんは「ごめん。ごめん」と笑う。
「なんか、なつかしいなぁ」
　しばらくブラブラと歩いて、公園に入り、ベンチに腰を下ろすとユキちゃんは雪の降る空を眺めながらそうつぶやいた。
「なつかしい？」
「うん。俺と乙葉が付き合い始めたときのことを思い出す。そのときもさ、こうして雪が降ってて乙葉の顔に雪を投げたら怒ってた」
　私とユキちゃんが付き合い始めたときのこと……。
「俺らね、付き合ってもうとっくに２年経ってんだよ」
　その日はきっとすごくすごく大事な日だったにちがいない。
　でも私はその日のことは覚えていなかった。
　私の記憶にはそれがなかった。
「俺な……。ずっと乙葉に告白できなくて初詣の日思いきって告白しようとしたのに先越された」
　でも……なんだかとてもなつかしく思うのはなぜだろう

か。
　きっと、私はすごくドキドキしててユキちゃんと付き合うことになったときは泣いていたんだろうなぁ……。
「ユキちゃん……私もう覚えてないや……」
「そっか」
「こうしてユキちゃんとデートした日のことも私は明日になったら……ううん。夜眠る前には忘れちゃってるのかなぁ……」
　目を伏せ寂しげに笑う。
　こんな幸せな１日だって、いつか思い出せなくなってしまう。
　私には忘れゆくものがあまりにも多すぎる。
　するとユキちゃんは私の右手に自分の左手をそっと重ねた。
「いいよ。乙葉が忘れても。俺が全部覚えてるから。昨日のことも、今日のことも全部俺が忘れない。俺が乙葉に教えてあげる」
「…………」
「俺が乙葉をめちゃくちゃ好きだってことも」
　ユキちゃんがさらっとそんなことを言うから、私の頬が少し赤く染まる。
「あ、照れた？」
「て、照れてないもん!!　雪だるま作る！」
「え、本当に作るの？」
　私はバッと立ちあがると雪だるまを作りだす。

そうしているうちに辺りはすっかり暗くなってしまい、咲と梨香子ちゃんも呼んで３人で雪だるまを作った。
　公園に響く女子３人の笑い声。
　その様子を見ておかしそうに笑うユキちゃん。
　私ね……思うんだ。
　記憶がなくなってしまうことはとても怖いけれど、それでも以前よりは恐怖は感じなくなった。
　それはきっとほかの誰でもないユキちゃんがいるから。
　私が忘れても、ユキちゃんが教えてくれるから。
　忘れゆくものの何倍もの思い出を一緒に刻んでくれるから。
　だって、私は……。
　ユキちゃんと付き合い始めたときのこと。
　ユキちゃんと昨日した会話。
　ケンカしたときのこと、笑いあったときのこと。
　抱きあったときのこと、デートしたときのこと。
　そんな特別な時間をたくさん忘れてしまうけれど。
　もしかしたら明日になったら今日のことなんてほんの少しも覚えていないかもしれないけれど。
　でも、それと同時に、いたずらっ子なユキちゃんが施設に忍びこんで朝、龍崎さんに叱られたり。
　ユキちゃんのとなりでなら安心して眠れたり。
　ユキちゃんがイジワルしてきたり。
　私のあくびがユキちゃんに移って笑いあったり。
　同じイヤホンを半分こしたり。

手をつないで歩いたり。
　好きだと伝えあったり。
　そんなささいなこともたくさん刻まれてゆくから寂しくなんかないんだ。
　刻まれても、忘れゆくもの。
　忘れても、また刻まれゆくもの。
　それはとてもはかなくて。
　いま、どうってことない日常が愛おしすぎて。
　記憶の中に刻まれてゆくそのすべてが大切で。
　ならば、その１秒１秒を大切に生きようといまは心からそう思えるんだ。
　ユキちゃんがこうして私の記憶に思い出を刻んでくれるから。
　私が忘れてもまた教えてくれるから。
　私はなにも怖くなんかないんだ。
　でも……。でもね。
　もっともっと大切なことが、逃れられないことがあったんだ。
「乙葉。今日は楽しかった？」
「うん!!　またいつかこうしてデートしようね!!」
　それは……。
　私がユキちゃんの存在自体を忘れてしまうということ。
　それはきっとユキちゃんも覚悟していること。
　たとえ、ほかのすべての記憶がなくなろうとも私は、あなたのことだけは忘れたくなかったんだ……。

ふたりで流した涙

　気づいたらもう2月中旬。
　時が進むのと同じように私の病気も進行した。
　なんだかぼーっとする日や、リハビリも全然できない日が増えた。
「お母さん……トイレどこだっけ？」
「一緒に行こうか？」
「うん……」
　トイレへ行きたくても場所が思い出せず、最近では誰かについていってもらうし。
「咲ー。私明日どこ行くんだっけ？」
「へ？」
　なんだかいろんな記憶が混ざって、意味のわからないことを聞いてしまったり。
　でも、それがなぜなのか一瞬わからなくなってすぐに「あぁ、私は病気だった」と思い出す。
　自分が病気であることさえ忘れてしまう。
　それは一見楽に思えても実はすごく怖いこと。
　自分で忘れていることにも気づけない。
　たとえ、それが、すごくすごく大切なもので。
　なによりも大事で、手放したくないものだとしても。
　一番忘れてはいけないものだったとしても。
　私は……。

「あ、乙葉。雪斗君が来たよ」
「雪斗君……?」
　私は……。
　忘れていることすら、忘れてしまう。
　梨香子ちゃんと、咲とお母さんと部屋でおしゃべりをしているとひとりの男の子が入ってきた。
　黒い綺麗な髪を雪で少し濡らし、背の高い優しい顔立ちをした男の子。
「昨日メールなかったけど、どうしたの?」
　彼はそう言いながらパイプ椅子に座る。
　……誰?
　笑顔で話しかけてくれるけど。
　向こうは私の名前を知っているらしいけど。
　私は彼のことがわからなかった。
　メールってなんのこと?
　どうして私のことを知っているの?
「乙葉……?」
　彼の顔を見たままになにも返事をしない私の顔を、咲が不安そうにのぞきこむ。
「ねぇ、咲……。誰?」
　私がポツリとつぶやくと、その瞬間みんなの表情が一瞬固まった。
「……え? ユキだよ! ユキ!」
「ユキ君。いつも来てくれるでしょう?」
　咲とお母さんは動揺を隠せない様子でそう言うけど、私

はなにもわからなかった。
　だって、初めて会った人でしょう？
「う、嘘でしょ……？　ほら、思い出しなよ‼　雪斗君だよ‼　雪斗君は乙葉の大事な……」
「花宮」
　黙っていた彼が梨香子ちゃんの声を遮る。
「いいよ」
「で、でも……」
「いいから」
　彼は立ちあがると私に一歩近づく。
　そして「俺は一ノ瀬雪斗」と優しく笑って自分の名前を告げた。
　その瞳はほんの少しだけ切なそうにゆがんでて。
　でもそんな表情を隠すかのように彼は笑う。
　それはまるで初めから用意していたかのような表情だった。
「一ノ瀬雪斗……」
　その名前を口にすると、とても不思議な気分になる。
　なんだかなつかしいような。
　なんだか胸がざわついて苦しくなるような。
　でも、やっぱり彼のことはわからなくて。
「……初めまして」
　私はそう言ってしまった。
　すると彼は「あぁ……。うん」と笑ってみせた。
　けど、「……ごめん。用事思い出したから今日は帰る」

となにかを押し殺すような声で部屋を出ていってしまった。
「どうしたんだろう？」
　首をかしげる私をみんなはなんとも言えないような表情で見てくる。
「乙葉……。あの人はね、乙葉が一番大切な人なんだよ」
　私の一番大切な人……？
「でも、私は知らないよ……？」
　なんで？
　どうしてみんなそんなにつらそうな顔をするの？
　どうしてあの人はあんなに苦しそうに笑ってたの？
「私……あの人のこと知らない、よ……」
　なんだか自分がとても悪いことをしているような気になって、わけもなくだんだんと焦ってくる。
「乙葉」
　ぎゅっと私の体を抱きしめるお母さん。
「いま、焦って思い出そうとしなくてもいいの。ゆっくりでいいのよ。ユキ君もきっとわかってくれてる」
　ちがう。ちがうの。
　そうじゃなくて。
「思い出そうとしなくてもいい」
「ユキ君もきっとわかってくれてる」
　その言葉は私が彼を忘れているってことでしょう？
　でも、私は彼を忘れているとかじゃなくて。
　彼の記憶自体ないの。
　忘れていることにも気づかなかったの。

いったい、私はなにを忘れているというの……？
　その日から毎日毎日彼は施設へ来た。
　最初は戸惑いもあったけど、一緒に過ごすうちに彼のとなりがとても居心地よく感じた。
　黒く柔らかな髪、細くてしなやかな指。
　優しい声や笑み。少しあどけない笑顔。
　そのすべてが素敵だと思った。
「ねぇ……」
「……ん？」
「どうして私のことを知ってるの？」
　思い出そうと頭をひねっても、どうしても私には彼のことがわからない。
　もしかしたら、私ではない。
　みんなが勘ちがいしているのでは？
　そんなことまで思ってしまう自分がいる。
　すると彼は「乙葉は俺がほれた人だから」とそんなことを言った。
「な……!?　ほ、ほれ……!?」
　いつ？　どこで？
　ほれたなんてそんな突拍子もない言葉に、私は動揺を隠せずあたふた。
　そんな私を彼は少しおかしそうに見ながら「一度ほれた人のこと忘れるわけないよ」そう言って笑う。
「乙葉もそうであってほしいと思ったけど……。無理だったみたい。でもそれでもいいんだ」

そして、また寂しそうな瞳をした。
「俺が忘れなければ問題ない」
　彼の言葉の意味はまったくわからなかったけど、その表情に胸が苦しいくらいにしめつけられる。
「どうして私と話すときいつも苦しそうに笑うの……？ どうして無理に笑ってるの？」
　この間からずっと彼は、私と話すときいつも感情を押し殺したような顔で笑うんだ。
　必死になにかを隠している。
　それなのに毎日施設に来てくれる。
　それはどうして？
「俺が乙葉のことを好きだから」
「好きなのに苦しいの……？」
「好きだから苦しいんだよ」
　好きだから苦しい……。
　じゃあ、私の胸が苦しいのはなぜ……？
　気づいたら私は来る日も来る日も彼のことばかり考えていた。
　リハビリをしていても、なにをしていても思い浮かぶのは彼のこと。
　それはなんだかずっとずっと昔から彼のことばかり考えているような。
　もっともっと前から彼のことを知っているような。
　でも、それ以上先には進めない。
　それ以上はわからない。

ふと、部屋を出ると談笑ルームには彼と、龍崎さんと、お母さんの姿。
「乙葉は少しでも思い出したか？　雪斗のこと」
　どうやら私の話をしているらしく、私はそっと隠れ耳を傾ける。
「まだです……」
　静かに首を横に振る彼。
「ユキ君……つらいなら毎日来なくてもいいんだよ……？」
「僕が乙葉のそばにいたいんです。忘れられてもそれでも僕がそうしたいんです」
　お母さんのその言葉に彼はもう一度首を横に振った。
　どうしてあなたはそんなに私を想うの？
「けど……」
　彼はうつむき、片手で顔を覆う。
　その姿はとても弱々しくて。
「無理に思い出させようとしても……乙葉が混乱するだけだから……そんなことできないけど……」
　その表情になんだか私は、
「本当は……ずっとずっと怖い……」
　とても泣きそうになった。
　いつも私の前ではあんな弱い姿は見せないのに。
　ときどき切なげな表情をしている彼に「どうしたの？」と聞いても「なんでもないよ」と笑うのに。
　私のいないところではあんなにも不安に押しつぶされそうな表情をしているんだ。

彼があんなに苦しそうに笑うのは私のせいなんだ。
「もうこのまま乙葉が一生俺のことを思い出せなかったらどうしようって……！　乙葉がいつか……！」
「雪斗」
　動揺しだした彼にそれ以上を言わせまいと龍崎さんが彼の頭の上にガシッと手を置く。
「大丈夫だって」
　龍崎さんはそう言って笑う。
　私は覚えている。
　あの笑顔に何度も救われてきたことを。
「お前らは絶対大丈夫」
「……ほんと、に……？」
「あぁ。俺が保証する。だからお前がそんな弱気になってんなよ。あいつを支えんのが雪斗の役目なんじゃねーのか？」
　龍崎さんの笑みと言葉に彼は何度もうなずく。
「お前らの関係はそんなやわじゃねーだろ？　すげー遠回りしてお前らはまた会えたんだろ？」
「うん……そう……っ……」
「だったら、大丈夫だよ。そんなことでお前らは壊れたりしねーよ」
　苦しいな。
　すごく苦しい。
　私のせいで、私のいない場所で彼はあんな表情をしているなんて。

思い出したいけど、思い出せない。
　それからもずっと彼のことを思い出せないまま。
　それどころかまた彼のことを忘れてしまい、繰り返す「初めまして」。
　そんな私を見て咲たちが涙を流すこともあった。
　それでも、彼はいつでも笑ってみせた。
　まるで「俺は大丈夫」そう言うみたいに。
「そろそろ帰るね」
「待って……！」
　変わらず施設に通い続ける彼が帰る時間、私はとっさに彼の上着を引っ張り引きとめた。
　無意識な行動だった。
「乙葉……？」
「私は……あなたのなにを忘れているの……？」
　こんなこと聞いたって、明日忘れてしまうかもしれない。
　それでも確かめたかった。
　なぜ、記憶にないあなたを想うと胸がこんなにも苦しくなるのか。
「……彼女だよ」
「……かの、じょ……？」
「乙葉は俺の彼女で、俺は乙葉の彼氏だよ」
　私が彼の彼女……？　本当に？
　だから胸が苦しいの？
　じゃあ、どうして私はそれを忘れているの？
「また来るね」

そっと笑い、そう言い残し部屋を出ていく彼。
　私はあの人の彼女……。
　そして、あの人は私の彼氏……。
　そっとベッドに腰を下ろすと、ふいにスマホを手に取る。
　メールや電話や電話帳やカメラロールのアイコン。
　すべてわかる。
　あれ……どうして私はいまスマホの使い方がわかるのだろう？
　誰が私に教えてくれたのだろう？
　そっとメールのアイコンをタップする。
《ユキちゃん。おはよー！　きょうはしせつにくる？》
《うん。ひるごろにいくよ》
　同じ人と繰り返されているメールのやり取り。
　あれ……？
《ユキちゃんきょうもだいすきー！》
《はいはい》
　これは……私と誰のやり取り？
　メールを閉じ今度はカメラロールを開く。
「え……」
　そこにあるのは……。
　幸せそうな彼と私の姿だった。
　何枚も何枚も、まるでひとつずつ思い出を大事に保存するかのように。
　彼が微笑み、私が無邪気に笑い。
　そこにあるのは動かない、消えない笑顔。

もしかして私はとても大切な人を忘れているんじゃないの？
　それは……。
『離れないで俺のとなりにいなよ』
　私の一番近くにいてくれて。
『それでも、俺と一緒に生きようよ』
　私と一緒に生きる道を選んでくれて。
「……ちゃん……っ……」
『好き。俺は乙葉が、好きだよ』
　私を心から愛してくれる。
「ユキちゃん……っ。ユキちゃんだったんだ……っ！」
　そして……私が世界で一番、愛おしく思う人だったんじゃないの——？
　スマホの画面に映る写真がポタポタと落ちる涙でにじんでゆく。
　メールや、写真で一気に蘇るユキちゃんとの日々。
　私が忘れていたのは……ユキちゃんだったんだ。
　どうして私は忘れてしまったのだろう。
　どうして私は思い出せなかったのだろう。
　ダメ、なのに。
　一番忘れてはダメな人なのに。
「ユキちゃん……!!」
　私はとっさに部屋を出ると施設を飛び出した。
「おい!?　乙葉!?」
　龍崎さんに呼びとめられるも、私は無我夢中で走った。

まだ、会えるかもしれない。
　どの道を走ればユキちゃんに会えるのかはわからないけど、私がまた忘れてしまう前に。
「どこ……!?　どこ……!?」
　いろんな人にぶつかりながらただひとり、あの人の姿を探す。
　そして、少し先に見える愛おしい人の背中を必死に腕を伸ばし追いかける。
　追いかけて、追いかけて、息が切れて苦しくなってもその距離を縮める。
　私がもっと、早く思い出していれば、ユキちゃんがつらい思いをせずに済んだのに。
　私がもっともっと早く……。
「ユキちゃん……!!」
　そう呼んでいればユキちゃんが傷つくことはなかったのに。
「ユキちゃん！　待って!!」
「……!?」
　やっとその背中に追いつき、後ろから勢いよく抱きつくとユキちゃんの体がビクッと揺れる。
「乙葉？　どうしたんだよ!?　なんでこんなところに……」
　後ろを振り向くユキちゃんはなにがなんだかわからない様子で、とっさに自分の着ていたコートを脱ぐと私の肩にかけた。
「なにしてるんだよ……。こんな薄着で……」

「ユキちゃん、なんでしょう……？」

　体に抱きついたまま、顔を上げると目を見開いたユキちゃんと目が合う。

「私が……忘れてたのは……ユキちゃん、だったんでしょう……？」

　その言葉にユキちゃんは一瞬だけ固まると「思い出したの……？」と声を震わせた。

「うん……！　うん……！　だからいま、どうしても会いたくて……！　会わなきゃいけない気がして……！　ユキちゃんごめんねぇ……！　本当にごめんね……！」

「乙葉……」

　ユキちゃんが道の真ん中で、周りの目も気にせず泣きじゃくる私の体を抱きしめる。

「バカだなぁ……」

　震える腕と声。

「そんなに……急がなくても……明日も会えるのに……。俺はどこにも行かないのに……」

『初めまして』

　そう言われたとき、どれほど苦しかっただろう？

　どれほどつらくて、泣きたくなっただろう？

　どれほど心が壊れそうになっただろう？

　何度「いますぐ思い出して」そう言いかけただろう？

　ユキちゃんのしていた覚悟はどれほど揺らいだだろう？

「俺……もう、ダメだと思った……。……俺が乙葉を支えていくって決めたのに……。こうなることは覚悟してたは

ずなのに……。逃げそうになった……っ……」
　強く強く強く。
　弱さなんか見せまいとユキちゃんの腕に力がこもる。
　どうして神様は私たちに試練ばかり与えるのだろう。
　どうして私たちはこんなにも胸が張りさけるような思いをしなくてはならないのだろう？
　ただ、好きなだけなのに。
「弱くてごめん……っ……」
「ごめん」なんて私の言葉だよ。
　つらい思いをさせてごめんね。
　苦しい思いをさせてごめんね。
　そして……。
「ユキちゃん、つらいでしょ……？　私といるとつらいでしょ……？」
「……俺は、大丈夫だよ……」
　私のそばから離れないで。
　そんなワガママなことを思ってごめんね。
「乙葉……」
　ユキちゃんがそっと顔を上げ私の瞳を見すえる。
「なぁ、乙葉……」
「な、に……？」
　私の名前を確かめるかのように何度も何度も呼び、しだいに潤んでゆくその瞳からは……。
「なんにもないよ……っ。寒いから戻ろうか……？」
　ひと筋の涙が伝ったんだ。

何度私に傷つけられても、何度忘れられてもけっして見せなかったその涙。
　私の前では強くあろうとしてくれていたけど。
　いま、ユキちゃんの目からはずっとこらえてきた分の涙があふれている。
「ユキちゃん、泣かないで……」
　そっと手を伸ばしユキちゃんの涙をぬぐう。
「泣いてないよ……。乙葉こそ泣くなよ……。泣き虫……」
　私とユキちゃんはもう我慢できずに、抱きしめあいながらふたりでたくさんの涙を流した。
　怖さも、不安も、つらさも、絶望も。
　ふたりで弱さをさらけ出した。
　まだ18歳の私たちにはとても重たすぎる試練をのりこえてゆくための涙。
　無抵抗な私たちの精いっぱいの心の叫び。
「雪斗!!　乙葉!!」
　慌てた様子でやってきた龍崎さんは、涙を流す私たちの頭を抱きかかえると胸に抱きよせる。
「のりこえろ。泣いてもいいから。その分強くなってのりこえろ」
　なにも聞かず、ただそう言ってくれた。
　私たちよりもはるかに大人なその心強さに、まだ子どもの私とユキちゃんは龍崎さんの腕の中で涙を流し続けた。

　施設に戻った私たち。

面会時間はとっくに過ぎていたけど龍崎さんが「今日は泊まってけ」と言ってくれた。
　消灯時間になると私とユキちゃんは同じベッドに入り頭を並べる。
「さっきさ……。泣いたらなんかスッキリした」
　そう言いながら天井を見つめるユキちゃん。
「乙葉と一緒に泣いたら……俺は乙葉となら なんでものりこえられる気がした」
　そう言って笑う顔に偽りはなくて。
「俺、もっと強くなるよ。もっと強くなって乙葉を守れるように。乙葉と生きてくために。それが俺の選んだ道、だから」
　その言葉はしっかりと未来を見すえていて。
「だから、もう泣くのはやめなよ」
　私は声を殺しながら泣いていた。
「……っ……なんで気づくのぉ……っ……。ユキちゃんの目は……横についてるの……っ？」
「ばればれなんだよ」
　どうして、いま泣いてるのかな？
　自分でもわからないや。
「泣かないで笑ってて」
　ユキちゃんはそっと体を横に向けると人さし指で私の涙をぬぐった。
「ユキちゃん……」
「ん？」

私がユキちゃんと呼べば、優しく笑って返事をしてくれる。
　それだけでまた涙があふれて止まらないんだ。
「ユキちゃん、ユキちゃん……ユキちゃん！」
「呼びすぎ。俺はここにいるよ。……あーあ。また泣くし」
「だってぇ……っ……」
　ユキちゃんはもう泣いてなんかいないのに。
　私も強くならなきゃいけないのに。
　背中をさすってくれるその手の温もりとか。
　どんなにつらくても、ずっと私のそばにいてくれる優しさとか。
　そのすべてがあまりにも愛おしすぎて。
「ふたりでのりこえよう。全部。できるだろ？」
　ユキちゃんはたしかにいま私のとなりにいる。
　たとえ、私が忘れてしまっても、それだけは変わらない。
「できるだろ？　俺となら」
「……うん……っ……ユキちゃんと、私は……のりこえてみせる……！」
　ユキちゃんにいま言う言葉は「ごめんね」も「ありがとう」もどの言葉も似つかわしくない気がしたから、私は代わりに心に強く誓った。
　これから先もっとたくさんの涙を流すだろう。
　耐えられないような恐怖や不安は次々と私たちを襲うだろう。
　その恐怖や不安にふたりが引きさかれそうになっても。
　もう、ダメかもしれない。

そんなふうに歩みが止まりそうになってまた、ふたりが離れても。
　それでも離れたってまた、出逢い。
　もう死にたいなんてけっして嘆かない。
　だって、私はひとりじゃない。
　私には悲しみも不安も分けあえる人がいる。
　彼とふたりで私はなんでものりこえてみせる。
　一緒に涙を流してくれる人がいるから。
　神様のイジワルなんかに負けるわけにはいかないんだ。

なろうよ

「私たち、再来週卒業式なのー。早いよね」
「本当。本当。入学した日がつい最近に思えるもん」
　咲と梨香子ちゃんのその言葉にカレンダーに目をやると、もうとっくに3月に突入していた。
　もう、3月なんだ……。
　最近では完全に曜日感覚がない。
　それと同時に私は、頻繁にユキちゃんたちのことを忘れてしまうようになった。
　咲のことも、梨香子ちゃんのことも、龍崎さんのことも、お母さんのことも、なかなか思い出せないときがあった。
　でもそのたびにみんなはちゃんと教えてくれる。
　私にとって彼らがどんな人なのか。
　つらさなんか笑いとばして、私を正解の道へと導いてくれた。
　ときには一緒に泣いて、悲しみを共有してくれた。
　だから私は以前みたいに恐怖に溺れ立ちどまることはなくなったんだ。
　それどころかそのたびに強くなれる気がした。
　いまの私には怖いものなんてなにもないんだって。
　あぁ、でもそっかぁ……。
　もう3月なんだ。
　咲たちは高校卒業するんだ。

私も一緒に卒業したかった。なんてとんだ贅沢は口にしない。
　その日は笑顔で「おめでとう」とそう言うの。
　3年間お疲れ様って。
「そういえば梨香子ちゃんは卒業後どうするの？」
「ん？　私？　私はメイクアップアーティストになりたいから、専門学校に行くよ。専門学校も、もう受かったの」
「へぇーそうなんだ……！　梨香子ちゃんらしいね！」
　高校卒業後、梨香子ちゃんと咲は専門学校。
　ユキちゃんは大学。
　みんな未来に向かい夢に向かい、小さな一歩を踏み出そうとしている。
　夢のため、将来のため、明日のため。
　新しい世界を切りひらこうとしている。
　無限に広がる世界。
　……私はどうなるのかな？
　私のこの先の未来にはいったいなにが待ちうけているのかな？
　いつの間にか将来の夢もやりたいことも忘れてしまった私は、どんな未来を迎えながら生きてゆくのだろう。
「ねぇ。乙葉の将来の夢はなに？」
　咲たちと入れかわりで部屋にやってきたユキちゃんは、たわいない会話の途中でそう聞いてきた。
「将来の夢なんて、私にはないよ……」
「現実的じゃなくてもいいよ。夢見がちなことでも。絶対

かなわないようなことでも」
　そんなに問いつめられると迷っちゃうなぁ……。
　この夢は口にしていいのかなぁ……。
「ちなみに俺の考える回答とちがったらやり直しだからね」
「えーなにそれ!!　意味わからない！」
　私はね？
　こんな病気になる前はもっとちゃんとした夢があったと思うの。
　やりたいことも、したいこともたくさん。
　でも、それがなんなのかさえわからなくなって将来の夢なんて考えないようにしていた。
　けど、さ……。
　けど……。
　この夢だけは変わらないの。忘れないの。
「私……ユキちゃんと結婚したいなぁ……」
　それはユキちゃん。
　あなたと家族になるという夢。
「ユキちゃんの……ユキちゃんのお嫁さんになりたい。純白のウェディングドレスを着て、ユキちゃんにお姫様抱っこしてもらいながら『愛してる』って叫ぶの」
　永遠の愛を誓いたい。
　なんてそんなのは遠すぎるかなわない夢。
　でもそんな未来を想像するととても温かくて自然と声に力がこもる。
「ユキちゃんと同じ名字になって。もう『顔も見たくな

い！』ってくらいにたくさんケンカして。でもその分たくさん『好き』だって伝えあって。同じベッドで寝て、一緒に朝を迎えるの。ユキちゃんが仕事で疲れたら私がユキちゃんを精いっぱい癒してあげる」

　願いだけで描く未来予想図。
「そしたらね、いつかユキちゃんに似た優しい子どもができて。3人で手をつなぎ歩いて温かい家庭を築くの。子どもと私でユキちゃんの取り合いなんかしたりして。おじいちゃんおばあちゃんになっても、ずっとずっとユキちゃんと一緒にいるの」

　つかみたいと願うとても大きな夢。

　ひと通り言い終わると、やっぱりこんなのは夢見がちにもほどがある。とちょっと恥ずかしくなってしまった。

　それでもね？

　この夢はもうずっと変わらないんだよ。

　たぶん、ユキちゃんと出逢ったときから私はそんな未来を描いていた。

　少し前の私になら来たかもしれないあたり前な未来。

　そんな未来を私のこの病気は遠ざけた。
「それが乙葉の夢？」
「笑っちゃうでしょ？　私、こんな病気なのに」
「……一緒」
「え？」
　はかなげに笑う私とは反対にユキちゃんは満足そうに笑う。

「俺もね、同じこと考えてたんだ」
　同じこと……。それはつまり……。
　私の夢とユキちゃんの夢は、まったく同じだということ……？
「俺と結婚したい？」
「結婚したい？」なんて少々上から目線ながらもかっこいい問いに私は何度もうなずく。
「俺の嫁になる？」
「な、なりたいよ……」
「ずっと俺のそばにいてくれる？」
「そんなの私がいたいんだよ……!!」
　ドキドキ。ドキドキ。ドキドキ。
　なにかな？
　さっきからドキドキ鳴りやまない胸の音は。
　ただ、夢を語っているだけなのに。
「じゃあさ……」
　はち切れんばかりに鳴る胸を押さえると、手にまでその振動が伝わってきて。
　そして、それは……。
「結婚、しちゃおうか？」
　いたずらな君の笑みによってさらに加速した。
「え……？」
　結婚……しちゃおうか……？
　いま、ユキちゃんはそう言った？
「えぇぇぇぇ!?」

私は驚きのあまり部屋いっぱいに響きわたるような声を出してしまった。
「もー。乙葉うるさい」
　私の声のあまりの大きさにユキちゃんは耳をふさぐ。
　いや。だって……。
　ユキちゃんが急にそんなこと言うから……。
「えっとそれは……いつかしようってこと……？」
「全然ちがうし。いますぐしようってことだよ」
　そんなの非現実的すぎる。突然すぎて。
「なろうよ。家族に。俺と家族になろう」
「ユキちゃ……」
「俺の嫁になってよ」
　まさか、私は夢でも見ているの？
「う、嘘だよ……！　嘘だよ！　そんなの！」
「嘘じゃないし。乙葉もそう願ってたんじゃないの？」
　ムッとするユキちゃんはどうやら冗談を言っているわけではなく真剣な様子。
「だ、だって大学は？　もうすぐ入試あるじゃん……！」
「俺、本当はさ……別に大学に行きたいわけじゃないんだ。父親が言うから受験するだけ。ずっと思ってたんだ。親の言いなりになって、行きたくもない大学に行くくらいなら、働きながら乙葉を養ったほうが何倍も有意義なことだって」
「けど……けどさぁ……！　ユキちゃんのお父さんがそんなの許すわけないよ!!」
　ユキちゃんのお父さんはとても厳しい人。

大学に進学せずに就職して、おまけにこんな病気持ちの私と結婚なんて許すはずがない。
　そもそもユキちゃんのお父さんは私とユキちゃんの関係をよく思っていない。
「たぶんそうだね。だから俺はずっと父親の言いなりになって生きてきた。父親がやれと言ったことはなんでもしてきた。認められなくてもずっと。だからさ……。人生で初めての反抗をしてみようと思うんだ」
　ククっといたずらっぽく笑うユキちゃん。
　もう、それはいたずらなんかはるかに通りこしてしまっている。
「でも、私は家事も苦手だし、料理も下手だよ……？」
「そんなの俺が教えてあげるよ」
　なんでだろう。
　こんな非現実的な話なのに。
「結婚したとしても……私はそのことさえ忘れちゃうかもよ……？」
「それも俺が何度でも教えてあげるよ」
　君が言うとさ、本当にかなってしまいそうな気がするんだ。
　私の願いや、夢はすべて君がかなえてくれそうな気がするんだ。
「でも……」
「あーもう。さっきからでも、でもってさ。乙葉は俺と結婚したいんじゃないの？　それが乙葉の夢なんじゃないの？」
　煮えきらない私にユキちゃんはため息をつく。

「でも、夢はかなわないから夢だと言うんでしょ……？」
「それならほかの名前でもつけちゃえばいいよ」
「なにそれ……。意味わからない。そんなの初めて聞いたよ」

　ユキちゃんの笑みには迷いは見えなかった。
　そこまで言われると本当にかなえたくなっちゃうよ？
　描いていた夢をもう一度追いかけてしまうよ？
「もー……。本当突然なんだからぁ……」
　私は眉を八の字にしながらも笑った。
　なんかさぁ……。
　本当、ユキちゃんってすごいよね。
　頭がよくて、優しくて、冷静で。
　一見すると真面目な好青年なのに。
　いたずら好きだったり、イジワルだったり。
　そんなギャップがあって。
　「結婚しちゃおうか」なんてこんな私にためらいなく言っちゃうんだから。
「乙葉がうなずいてくれたなら……俺の名字を乙葉にあげるよ」
　こんなかっこいいことをさらっと言ってしまうし。
「乙葉の夢は俺が全部かなえてあげるから」
「……本当に……？　ずっと一緒……？」
「うん。ずっと一緒だよ」
　そっと差し出された手はまっすぐ私に伸びていて。
「あと一度しか言わないよ。俺と家族になろうよ」

私は……。
「俺とずっと同じ夢を見て、その続きを最後まで一緒に描こう」
　私は、その手をぎゅっと握った。
「決定、だね。これでもうやっぱり嫌だ、なんて言わせないからね」
　重なった手を握りユキちゃんはそのまま私を抱きよせると自分の足と足の間に座らせ後ろから前へと腰に手を回す。
「こんな私と結婚なんて、本当にいいの……？」
　ユキちゃんに後ろから抱きしめられる形の私は、不安げにもう一度問う。
「俺がそうしたいんだよ。俺がそうしたいから乙葉をもらうんだ」
「きっと、すごくすごく大変だよ……？」
　私は普通じゃないから。
　私といたらつらいことが多すぎて「なんで結婚しちゃったんだろう」って後悔するかもしれない。
「それでも、いいの……？」
　それでもあなたは私をもらってくれる？
「きっと俺は乙葉と結婚したら、何十倍、何百倍ものリスクを背負うと思う。嫌になって逃げ出したくなるかもしれない」
「…………」
「でも仕方ないじゃん。それでもいいって思えるほどに好きな人と出逢っちゃったんだから」

……ずるいよ。
　その言葉はずるい。
　ユキちゃんってときどきさらっとこんなことを言うんだ。
　ドキドキして、恥ずかしくて、照れくさくて、でもうれしくて、温かくて、力強くて。
　あれ……。なんか私いま、すごく泣きそう。
　ユキちゃんはそんな私を知ってか知らずか後ろで「それにさ……」と言葉を続ける。
「乙葉はいいの？　俺が乙葉以外の人と結婚しても」
　ほら。また。
　ずるい。ずるい。ずるい。
　そんなの嫌に決まってんじゃん。
　そんなの私に迷う権利ないじゃん。
「嫌だよ!!　ユキちゃんのお嫁さんになるのは私なんだもん!!」
　もう、迷いとか不安とかそんなの全部取っ払ってあなたのものになりたくなるじゃん。
「……ほら、乙葉も一緒じゃん」
「ユキちゃんずるい……！」
「あれ？　もう泣いてるの？　泣きながら怒ってるの？」
　後ろからおかしそうに笑って私の顔をのぞきこんでくるユキちゃん。
「な、泣いてないもん……！」
「じゃあ、顔見せて？」
　誰かが言っていた。

夢はかなわないから『夢』だというんだと。
でも私にはね。
それならと……かなわないものが夢だというのなら。
ほかに名前をつけてでも、それをかなえようとしてくれている人がいる。
あきらめかけた夢の途中で、その夢をかなえようと私の手を引っ張ってくれる。
いつもいつも。
私の少し先を歩いては立ちどまって振り返り、「こっちだよ」と手を差しのべてくれる。
だから私はその手を握り迷うことなくこの先の道を歩くことができるんだ。
一緒に笑うことで、うれしくなり。
一緒に泣くことで、強くなり。
一緒にいることで、幸せになる。
そして。
そばにいることで、同じ未来をたどりたくなる。
泣くも、笑うも、好きも、嫌いも。
全部全部共有して、それをすべて幸せへと変えてくれる。
私はそんな人と出逢ったんだ。

次の日。
私とユキちゃんはみんなを部屋に呼び出した。
龍崎さん、梨香子ちゃん、咲。
そして、お母さん。

みんなに聞いてもらうために。
私たちの未来の話を。
「なんだ？　こんな全員集合させてまでしたい話って」
　脚を組みお茶を飲みながら私とユキちゃんに目を向ける龍崎さん。
　みんなも椅子やベッドに座り不思議そうな顔をしている。
　チラッとユキちゃんを見るととても緊張した様子。
「ユキちゃん……」
　そっとユキちゃんの服の裾をつかむとユキちゃんはその手をぎゅっと握った。
『俺、頑張るよ』そんな想いが伝わってきた。
「俺……」
　しばらくしてユキちゃんが口を開く。
　緊張感がこの場を包む。
　そして……。
「俺、乙葉と結婚しようと思う」
　その言葉を口にした。
「え？」
「は？」
「へ？」
「ブッ……！　は……!?　結、婚……!?　ゲホッ……！　ゲホッ……！　やべ……！　お茶、変なとこ、入った……!!」
　ユキちゃんの言葉にみんなは一瞬で固まり、龍崎さんなんか驚きのあまりお茶を噴き苦しそうにせきこんだ。
「結婚って……そんな……本気なの？」

一番最初に口を開いたのはお母さん。

　驚きを隠せずその声はかすかに震えている。

「本気です」

　ユキちゃんはお母さんから目をそらさずに力強くうなずいた。

「卒業したらすぐに結婚したいと考えてます。大学には行きません。友人の兄が経営する会社を紹介してもらいました」

　もう、みんなは突然すぎてなにがなんだかわからない様子で。

　それでもユキちゃんの意志は固く。

　ユキちゃんはそのままその場に正座をするとお母さんに向かって頭を下げた。

「乙葉を……。乙葉さんを僕にください」

　床につくくらい深く頭を下げる。

　そんな真剣な姿を見ていたらなんだかとても、とても泣きそうになってしまった。

　しばらく続く沈黙。

　頭を下げ続けるユキちゃんの横顔は真剣そのものだった。

「結婚なんてそんな簡単なものじゃないのよ……？　乙葉を支えていくことが、どれだけ大変なことかわかってるの？」

「わかってます。でも、僕はそれをしてゆける自信があります」

　ユキちゃんは顔を上げるとそう言いきる。

「で、でも……。なにもそんないますぐなんて……」
「いまがいいんです。乙葉が願うなら。乙葉が覚えているうちに。僕がいま、それをかなえてあげたいんです。僕がかなえないといけないんです。僕しかかなえられないんです」

　揺るがない決意と意思。
　ユキちゃんが見すえるのは私のいる未来。
「お母さん、あのね……」
　私も、自分の気持ちを伝えようと口を開く。
「私はこの病気になってからずっと未来なんか見えなかった。ううん。見ないふりしてた。だって、いつも怖くて仕方なかったから」
『こんな思いまでして頑張る意味が、ありますか……？』
『私はなんのために生きてるんですか……？』
　悲観的になり、優しさを突き飛ばし、自分はひとりぼっちだと思い、生きる意味を見失っていた、あのときの弱い自分。
「けど、ユキちゃんとなら未来を描ける。ユキちゃんが夢をかなえてくれる。下手くそでも、不器用でも、それでも私はそんな未来を見てみたい。私の未来にはユキちゃんが必要なんだ」
『私に奇跡をくれてありがとう』
『私は……のりこえてみせる……！』
　弱さをさらけ出し、倒れても何度だって立ちあがり、立ちはだかる高い壁をのりこえようとする、いまの、強い自分。

知ってほしい。みんなに。
私が変われたのは。
私が強くなれたのは。
かすみのかかった未来を照らしてくれたのは。
一ノ瀬雪斗という人なんだってことを。
この人と同じ未来を歩みたいんだってことを。
私の描く未来にはユキちゃんがいて。ユキちゃんの描く未来には私がいる。
それはまるでパズルのようで、どちらかが欠けては完成しない。
未完成のままでは終われない。
完成図はもうしっかりと見えているんだ。
私とユキちゃんはもう一度頭を下げる。
子どもの理想だと思われてもいい。
夢に夢を重ねすぎだと笑われてもいい。
そんなの不可能だってバカにされてもいい。
「乙葉を……一生かけて僕に守らせてください」
でも、それでも……。
ひとりひとりにちがう未来があるとするのなら、私たちの未来はそんな未来なんだ。
頭を下げ続ける私たち。
お母さんがいま、どんな顔をしているのかはわからない。
「いいじゃん。やってみろよ」
重たい沈黙を破るように口を開いたのは龍崎さんだった。
「それが、乙葉の願いなら。それが、雪斗の覚悟なら。それ

が、お前らの決めた道ならそのまま突きすすんでみろよ」
　いつだって前向きな龍崎さんの言葉。
「俺にはできなかったことお前らがやってみせろよ。俺も見てみたい」
　その中に込められたいまも変わらぬ想い人への想いを私は知っている。
「も、もうなにそれ!!　私なんか、涙出てきた……し……!!　雪斗君と結婚なんて乙葉、ずるい……!」
「ふたりで決めたことなら私はなにも言わない。ユキが乙葉を支えていくなら、それを支えていくのが私たちだから」
　龍崎さんに続くように梨香子ちゃんと咲もそう言ってくれた。
　3人は、私たちの未来を認めてくれた。
　お母さんは……。
「まったく……。結婚なんて本当に急なんだから……。ほら、ふたりとも顔を上げて……」
　私とユキちゃんがそっと顔を上げるとお母さんは私たちの前にしゃがみこみ優しい目をして笑った。
「ユキ君」
「……はい」
「私はずっとユキ君のことを見てきた。ユキ君といる乙葉はいつも幸せそうだった。乙葉のことを心から愛してくれてありがとう」
　母親の想い、母親の願い。
「子どもの幸せは親の幸せなの。だから……娘のことを、

お願いね」
「はい。もちろんです」
　それをユキちゃんに託してくれたんだ。
「乙葉」
　お母さんはユキちゃんから私に視線を移す。
「ユキ君に感謝し、ユキ君を想い続けなさい」
「うん……っ……」
「幸せになりなさいよ」
　お母さん……。
「うん……っ……！　うん……っ……！」
　みんなが私たちの幸せを心から願ってくれた。
　みんなが私たちのした選択のあと押しをしてくれた。
　それは、未来に一歩歩みを進めた瞬間だった。

　そして……。
「……ダメだと言ってるだろ」
　あれから私たちは特別に外出許可をもらいユキちゃんの家へ何度も行き、ユキちゃんの両親に、自分たちが結婚をする意志があることを伝えてきた。
　もうこれで家に来るのは５度目。
　でも、ユキちゃんのお父さんは予想通り反対の意しか示さない。
「雪斗、自分でなにを言っているのかわかっているのか？　こんな大学入試間近に」
「わかってるよ」

もともとすごい完璧主義者で、ユキちゃんが肺炎にかかったときでさえ受験の心配をしていたほどだ。
　こころよく承諾するはずもない。
　それでもユキちゃんはお父さんの前で正座を崩さず意志を曲げようとしない。
「そんな大人のまねごとが通用すると思うのか？」
「それは俺と乙葉が決める」
「雪斗、お前はなにもわかってない。結婚はそんな甘いものじゃない」
　ソファーに座るユキちゃんのお父さんは険しい顔をして私に視線をやる。
「この子は、病気なんだろ？　雪斗がそんな重荷を背負う必要がどこにある？」
『病気』『重荷』
　その言葉に私はなにも言い返せず、正座をした膝の上で拳を震わせながら唇を噛みしめる。
「雪斗はこの子のために一生を棒に振るつもりなのか？」
「⋯⋯っ⋯⋯‼」
　父親のその言葉にユキちゃんは目を見開くとつかみかからんばかりの勢いで立ちあがった。
「ユキちゃん⋯⋯‼　いいから⋯⋯。ね？」
　私はとっさにユキちゃんの腕をつかみ動きを止める。
　言われる覚悟ならしていた。
　だから、私はなにを言われても大丈夫。
「⋯⋯なんで、父さんが決めつけるんだよ⋯⋯。乙葉のな

にを知って重荷だなんて言うんだよ……」
「じゃあ、聞くが雪斗。その子と結婚してお前が幸せになれる保証はどこにある？」
　にらみあうユキちゃんとユキちゃんのお父さん。
「大学を出て就職して普通の人と結婚する。それが親が子に用意したあたり前の幸せだ。わざわざリスクを背負う必要なんかない」
　ユキちゃんのお父さんは「わかったらすぐにその子と別れなさい」と言いスッと立ちあがった。
「……欲しくない」
　ユキちゃんはその場から去ろうとするお父さんを呼びとめるように口を開く。
「なんだと？」
「父さんが用意したものがあたり前な幸せだと言うなら、俺はそんな幸せなんか欲しくない」
　いつも、お父さんの言うことを聞き、勉強だってなんだって頑張ってきたユキちゃんの人生で初めての反抗。
「そんなものの代わりに俺は……俺たちふたりで用意した幸せをつかみにいくよ」
　それは、固い固い決心を貫くためには必要なものだった。
「雪斗は……どうして乙葉ちゃんにこだわるの？」
　ずっと黙って話を聞いていたユキちゃんのお母さんが口を開きそう尋ねると、ユキちゃんは迷わず言った。
「守りたいものができたんだ」と。
「たとえ、あたり前な幸せをつかめなくても。それでも一

生守り続けたい人ができた。それが乙葉だったんだ」

　ユキちゃんの真剣な言葉にユキちゃんのお母さんは「そう」と目を伏せ笑うとユキちゃんの前に立った。
「ねぇ、雪斗。いままで、つらかったでしょう……？」
「……え？」

　そっとユキちゃんの髪をなでながら申し訳なさそうにつぶやくユキちゃんのお母さん。
「……私たちはずっと雪斗に無理強いばかりさせてきたわ。勉強だってなんだってそう。それでも雪斗は一度だって反抗なんかしなかった。期待に応えようと努力してきた。ねぇ、あなた。そうでしょう？」

　その言葉にユキちゃんのお父さんは視線をそらす。
「そんな息子の人生に一度のワガママだもの。聞いてあげたいと思うのはダメかしら……？」

　自分の子どもの幸せを心から願う気持ち。
　子どものためならなんだってしてあげたい。
　親の気持ちはみんな一緒だった。
「雪斗には雪斗の道があるのよ。そうよね？」

　ユキちゃんはその言葉にうなずくと「ありがとう」と少しだけ声を震わせた。
「はぁ……」

　ふたりのやり取りを見ていたユキちゃんのお父さんは深いため息をつくともう一度ソファーに腰を下ろす。
「勝手にしなさい」

　そして、ぶっきら棒にそう言った。

「お前が……母親がそんなことを言ったらもう俺はなにも言えないだろ」
「ふふ。そうよね」

　まだ納得はいってないものの、もうこれ以上反対をする様子もないユキちゃんのお父さんに、目を細め笑うユキちゃんのお母さん。

「雪斗。もう父さんはなにも言わない。そこまで言うならやってみなさい」
「うん。ありがとう。……ありがとうございます」

　こっちを見ようとしない父親にユキちゃんは深く頭を下げた。

「ありがとうございます……!!」

　ユキちゃんの横で私も頭を深く下げる。
　もう何度お礼を言っても言いたりないや。
　私ね、思うんだ。
　ユキちゃんのお父さんがずっと厳しかったのは。
　私とユキちゃんの結婚を反対したのは。
　父親なりの子を思う気持ちだったんだと。
　ユキちゃんにはつらい思いをしてほしくないから結婚にはなかなか賛成できなかった。
　厳しさの中にはいつだって親としての愛もあったはず。
　それはきっと、ユキちゃんもちゃんとわかっている。

「お義父さん。本当にありがとうございます」

　お義父さん。
　私がそう呼ぶとユキちゃんのお父さんは、「な……!?

お、お、お義父さん!?」と目を開き、「そう呼ばれるのも、まぁ、悪くはないな」と、そんなことを言って照れくさそうにそっぽを向いた。

そんなユキちゃんのお父さんを見て、私とユキちゃんは顔を見合わせて笑った。

神様。

いま、私たちを見ていますか?

イジワルなあなたが私に与えた試練なんかに負けていないでしょう?

私、いまちゃんと笑っているでしょう?

「そうと決まったらさっそく準備しなくちゃね!! まずは婚姻届でしょ……。それから……」

「おい、気が早いぞ。まずはこっちも向こうの親御さんにあいさつに行かないとならないだろ。お互い自分の大事な子どもを託すんだから」

たくさんの涙を流したけど、その分たくさんの優しさや、友情や、厳しさや、愛に包まれ。

私はいま、幸せへの階段をひとつ上りました。

式の前の日

　ユキちゃんとの結婚が決まり、毎日が慌ただしく過ぎていった。
　ユキちゃんは友人のお兄さんが紹介してくれた会社に無事就職が決まった。
　ウェディングドレスはユキちゃんのお父さんが社長を勤める会社の関連会社がデザインしたものの中から、一番私に似合うものをとユキちゃんのお母さんが選んで用意してくれた。
　婚姻届の保証人には、私のお母さんと、初めは結婚に反対していたユキちゃんのお父さんがなってくれた。
　結婚式は新山さんと龍崎さんが提案してくれて、施設のバルコニーで行われることになった。
　結婚が決まってからも、病気の進行は相変わらず止まることなく進んでゆき、自分にできることが減っていく一方だけれど。
　ひどくなってゆく病状に不安は日に日に大きくなってゆくけれど。
　それでも、それに負けぬようにと幸せになる準備も着々と進んでゆく。
　気づいたら今日はもう卒業式で明日は結婚式当日。
「いまごろみんな卒業式かぁ……」
　窓の外を見てぽつりとつぶやくとお母さんは「そうね」

と洗濯物をたたみながら笑った。
　ふと、お母さんの背中を見つめる。
　少し丸まった背中。
　譲りもらったさらさらな髪。
　洗濯物をたたむ、年齢や苦労の表れた手。
「いよいよ明日ね」
　そして、聞きなれた声。
　私に背を向けたままでも微笑んでいるのがわかる。
　そんな姿を見ていたらなんだか無性に泣きたくなった。
「ねぇ、お母さん……」
「なぁに？」
　どうしてかな？
　どうしていまこの言葉を伝えたくなったのかな。
　いつも素直になれなくて、照れくさくて言えなかったのに。
　どうしていまなら伝えられる気がするのかな？
「お母さん……」
「どうしたの……？」
　父親のいない私は小さなころから、お母さんにたくさんの愛を注いでもらい生きてきた。
　こんな私と真剣に向きあってくれた。
　私の前では強くあろうとする母親の強さを知った。
　私はもう子どもじゃないし、ときどきうっとうしいと思うときがあって反抗的な態度をとったこともある。
　何度もケンカして、何度も言い合いして、もう顔を見たくもないって思ったときもある。

それでも、やっぱり私には、母親は世界でひとりしかいなかった。
　だからいま、私の気持ちを伝えようと思うんだ。
「いままでたくさん傷つけてごめんね」
『お母さんが悪いんだよ!!　お母さんがこんなふうに産むから』
『こんな思いするくらいなら生まれなければよかった!!』
『お母さんなんか大嫌い!!』
　こんな病気を宣告され、自暴自棄になった私はやつあたりをしてひどい言葉でお母さんを傷つけたね。
「いままでたくさん迷惑かけてごめんね」
『もう、なんで……なんで私なの!?　なんで……！』
『もう放っておいてよ!!』
　施設に入ってからも、たくさん心配かけたね。
　優しさを突き飛ばしたこともあったね。
『結婚したい』
　なんて突然のワガママ驚いたでしょう？
「いままで守らせてばかりでごめんね」
『この子は必ず私が守りますっ……!!』
『お母さんと探そう。その生きる意味を』
　私がお母さんを守らなきゃならないのに。
　親孝行だってできてないのに。
　お母さんだって動揺でいっぱいだったのに。
　お母さんはいつも私を勇気づけてくれたね。
　何度その母親の温もりに助けられたことでしょう。

「私、お母さんの子どもでよかった」
　いつだって寄り添いながら女手ひとつでここまで育ててくれたお母さん。
　私はあなたの娘であることに心から感謝し、誇りに思います。
「いま、心から……っ……そう思うの……」
　涙がポロポロとあふれ、声が詰まる。
　それでも振りしぼってでも声を出した。
　だって、いま言わなかったらいったいいつ言うの？
　いま、ここで伝えなければ一生自分の言葉では伝えられなくなってしまうかもしれない。
　言葉やお母さんのことを忘れてしまい、二度と思い出せない日が来るのは、もしかしたら明日になってしまうかもしれない。
　だからいま、伝えたい。
　伝えたいんだ。
　明日、大好きな人と家族になる私は、たったひとりの家族であるあなたに、いま、伝えなきゃならないんだ。
　いままでなかなか素直になれなかったけれど。
　私をこの世に産んでくれたあなたに。
　ワガママだって優しく包みこんでくれるあなたに。
「大丈夫」その言葉で何度も助けてくれたあなたに。
　こんな私が……。
「本当の、ほんと、に……っ……」
　大切なあなたに。

「私の母親でいてくれて……っ……」
　いま、伝えます。
「いままで本当にありがとうございました……!!!」
　ありがとう——。
「乙葉……っ……」
　やっと伝えることのできたこの言葉。
　『ありがとう』なんてたった５文字には収まりきれないほどの子から親への感謝の気持ち。
　すべて言いきった私の胸はお母さんへの想いでいっぱいだった。
「お母さん……大、好き……っ……」
　ありがとう。という言葉は悲しい言葉なんかじゃないのになぜか私の目からは涙があふれて止まらない。
「……っ……バカねぇ……っ……」
　こちらに背を向けたまま、小さな背中を震わすお母さん。
　きっと泣いてるんだろう。
　お母さんはいまなにを考えているのかな？
　私が生まれたときのこと？
　私を初めて抱っこしたときのこと？
　私が病気を宣告されたときのこと？
　きっといま、たくさん想うことがあるよね。
「ありがとうなんて私の言葉に決まってるでしょう……？」
　こっちを振り向いたお母さんはやっぱり泣いていた。
　お母さんは私の元まで来ると体を抱きしめてくれた。
　何物にも劣らない感じる母親の温もり。

「お母さんの子に生まれてきてくれてありがとう……っ……」
　お母さんは私にたくさんの話をしてくれた。
　私が生まれたときのことや。
　私に初めて「ママ」と呼ばれたときのこと。
　大ゲンカしたときのことや遊園地に行ったときのこと。
　授業参観のときや入学式のこと。
　たくさんたくさん話した最後には、
「そんな大事な娘が明日お嫁に行くなんて最高の親孝行だよ」
　そう言ってまたその腕で抱きしめてくれた。
　一生忘れない母親の温もり。
　もしもいつか私に子どもができて、お母さんからもらったその温もりを今度は私が子どもへ受けわたすときには教えてあげよう。
　私はこの温もりを感じながら育ったんだよ、と……。

「乙葉ー！　私たち無事卒業しましたー!!」
　お昼過ぎごろ、卒業証書と一輪の花を手にやってきた咲と梨香子ちゃんとユキちゃん。
「3人とも、おめでとう」
　私はそんな3人を見て微笑みを浮かべた。
「うん！　ありがとう。それでね……」
「ん？」
　なにかたくらんだような咲たちの顔。
　すると、ドアの向こうから騒がしい声が聞こえてきた。

その声はどんどんこちらに近づいてくる。
「うわぁー。お前マジでここで働いてたんだな。あんな荒れくるってたくせに。似合わねー」
「うっせーよ。お前こそ運動以外なにも取り得ないくせに本当に教師やってんのか？」
「だから体育教師なんだろ。お前は相変わらずバカだな」
　この声は龍崎さんとあとひとり……。
「それより、部屋はここ？」
「あぁ」
　ふたりの声は私の部屋の前で止まり、それと同時にドアが開く。
　ドアを開けたのは龍崎さんとあとひとり、スーツを着た男の人。
「よう。三浦。久しぶり。元気だったか？」
　その男の人は部屋に入ってくると軽く手をあげ歯を見せて笑った。
　この人は……。
「乙葉。この人は先生だよ。乙葉の担任の先生」
　そうユキちゃんが教えてくれる。
　担任の……先生……？
　なんだかあいまいだけど、とてもなつかしい感じ。
　私はこの人を知っている。
「ニ、ニッシー……？」
　私は自然と口を開いていた。
　その瞬間、みんなは目を見開いた。

「え!?　お、乙葉!　すごいじゃん!!」
「もう、夏休みから7ヶ月も経ってるのに!!」
　うれしそうに笑うみんな。
　そうだ。この人は……。
　3年間私の担任の先生だった……西山先生だ。
「ニッシー!!」
　私は驚きと喜びのあまりベッドから飛び降りると思わずニッシーの体に抱きついた。
「ニッシー!　久しぶり!!　もう会えないと思ってた……!!」
　7ヶ月ぶりの再会。
　私はちゃんとニッシーを覚えていた。
「やっぱりお前は俺を忘れてなんかなかったな」
　よろめきながらも私を受けとめるニッシーは確信していたようにそう言うと、「さすが俺の教え子」とちょっと泣きそうな顔をして笑ってみせた。
「え?　でも、なんでニッシーがここに……?」
　……というより。
「ニッシーと龍崎さんって知り合いだったの……?」
　私はニッシーと龍崎さんの顔を交互に見る。
　さっきの会話は、まるで昔からの友人のようなやり取りだったから……。
「あぁ。俺と陸は中学からの付き合い。会うのはかなりひさびさだけどな。お前が陸の働いてる施設へ入所すると聞いたときはビックリしたわ」
「こいつ、毎日のように朝夜構わず乙葉の様子を電話で聞

いてくるからな。マジで勘弁してほしいわ」
　そうだったんだ……。知らなかった……。
　あぁ……でも覚えてる気がする。
『私が入るのは桜の木ハウスってところだよ』
『桜の木ハウス……？』
　私がここの施設の名前を口にしたとき、ニッシーが少し反応を示していたことを。
　そう考えると世界はとても狭い。
「で、どう？　こいつちゃんと働いてる？」
「だから働いてるっつってんだろ。お前いい加減しばくぞ」
「うわ。その物騒な口調やっぱり変わってないな」
　そんなやり取りをするニッシーと龍崎さん。
　ニッシーと龍崎さんが会話しているのが新鮮で、まだなんだか不思議な感じ。
「そういや、三浦。一ノ瀬と結婚すんだって？　まさか、担任の俺より教え子が先に結婚するとはな」
　ハハと笑うニッシー。
「ニッシーも明日結婚式に来てくれる？」
「そりゃあ、教え子の晴れ舞台だからな。祝わないわけにはいかないだろ？」
『教え子』
　ニッシーが何気なく発するその言葉を聞くたびにいちいちうれしくなる。
　卒業できなかったこんな私をニッシーはまだ教え子だと思っていてくれたんだなぁ、って。

「そうだ。乙葉。ひとついいことを教えてやろうか？」
「いいこと？」
　私が聞き返すと龍崎さんは「あぁ」とうなずきこう言った。
「乙葉が雪斗たちと再会できたのは、誰のおかげだと思う？」
　え……？
「授業をサボった罰をボランティアと称して、雪斗たちをこの施設に送ったのは誰だと思う？」
　それって……もしかして……。
　私はとっさにニッシーに視線をやった。
「ニッシー……？」
　恐る恐る尋ねる。
　するとニッシーは「正解」と言って笑った。
「まぁ、連れてくるならクリスマスにしろってわけのわからないことを言ったのは陸だけどな？」
「わけわからなくねーだろ。クリスマスに再会なんてロマンチックだろうが」
「お前にロマンチックなんて言葉は似合わないからな？」
　そうか……。
　そうだったんだ。
　ニッシーだったんだ。
　私に奇跡を与えてくれたのは神様なんかじゃない。
　ニッシーだったんだ。
「一か八かの賭けみたいなもんだったけど無事に結婚までたどり着いちまったな」
　きっとニッシーはわかっていたんだね。

私がユキちゃんや咲に本当のことを告げずそばを離れて
しまったことを悔やんでいたことに。
　　そして、龍崎さんも。
　　クリスマスの奇跡なんて言っていたけど。
　　クリスマスに願いはかなうなんて言っていたけど。
　　あらかじめ用意してくれていたんだね。
　　最高のクリスマスプレゼントを。
　　きっと、龍崎さんはわかってた。
　　私がユキちゃんたちに逢いたいとかならず願うことを。
「もう……龍崎さんとニッシーが裏でつながってたなんて、
ずるい……!!」
「裏なんて人聞きの悪いこと言うなよ」
　　私が退学してからもずっとずっと私のことを気にかけて
くれていた。
　　どこまでも生徒想いな先生。
　　やっぱりニッシーは最高の先生だ。
「おら、三浦。感動するのはまだ早いぞ」
　　ニッシーはそう言うと鞄からあるものを取り出した。
　　そして、その端と端を両手で持ち私の前に差し出す。
「これ……」
　　それは……。
「3年1組30番。三浦乙葉。卒業おめでとう」
「……っ……!!」
　　それはユキちゃんたちと同じ卒業証書、だった。
　　いや、同じではないけれど。

ニッシーが個人で作ったのか手書きの卒業証書は少し不格好だけれど。
「今日はお前にこれを渡しに来たんだ」
「ニッシー……!!」
　私にとっては最高すぎる卒業証書だった。
「もう……ニッシー……かっこよすぎるよ……っ……!!」
　私は卒業証書を受け取ると泣きじゃくりながら腕で目を覆った。
「言っただろ。俺の夢は教え子をひとり残らず卒業させることだってな。三浦も神崎たちと同じ俺の大事な教え子だよ」
　こんなふうに卒業証書を受け取れるなんて思いもしなかった。
　ずっと、これが欲しかった。
　私があの学校で過ごした、ニッシーの教え子だった証。
　不格好だけど愛のこもった卒業証書はいままでもらってきた卒業証書なんかよりもはるかに何倍もかっこよくて。
　こんないい先生、ニッシー以外に見つかりそうにない。
　ありがとう。
　ありがとう、ニッシー。
　やっぱり私はニッシーの教え子で本当によかった。
「そうだ。卒業の記念にみんなで写真撮りましょう」
　お母さんがそう提案し窓辺に並ぶユキちゃんと咲と梨香子ちゃんと私。
「ほら。みんな笑ってー。いくよ。3、2、1……」
　――パシャ。

4人は胸の前でそれぞれの卒業証書を抱え、最高の笑顔を写真に収めた。
　大好きな人たちに囲まれて。
　明日新たな出発をする私にとっては最高の"卒業式"だった。

「なんだか手が震えちゃうなぁ……」
　みんなが帰ったあと、私はあるものを書いていた。
「私、本当にユキちゃんの奥さんになるんだね……」
　いま、私の目の前に置かれているのは"婚姻届"。
　こんな薄っぺらい紙切れ1枚でも家族になるための大事な書類。
　婚姻届は私の名前を記入する欄だけ空欄。
　自分の名前を漢字で書けなくなってしまった私は、ユキちゃんに名前の見本を書いてもらって、あとはそれをまねして書くだけ。
　それなのに私はさっきから……というよりは数日前から緊張して全然書けない。
「あとは乙葉の名前書くだけじゃん」
　そんな私を、机に頬づえをつきながらあきれた様子で見ているユキちゃん。
　このやり取りはかれこれ10分以上している。
　だって、これを書いて提出すれば私とユキちゃんは正式に家族になるんだよ？
　そう思ったらドキドキしてまったく書けないよ。

ユキちゃんはさっさと自分の分は書いてたけど、こういうのは女の子だけしか緊張したりしないのかな？
　それからまた、あーだこーだと書けずやっと書き終わったころには30分も経っていた。
「できたぁ……」
　完成する婚姻届。
"夫となる人　一ノ瀬雪斗"。
"妻となる人　三浦乙葉"。
　それぞれの記入すべき場所に書かれたふたり分の名前。
　夫と妻なんてまだ妙にくすぐったい。
「ユキちゃん、書けたよ」
「やっと終わったの？　たった4文字をまねして書くだけなのに遅いよ」
　あれ……？
　なんかさっきからユキちゃん、機嫌悪い？
「ユキちゃん、どうしたの……？」
「なにが？」
「なんかちょっと不機嫌？」
　不安になってユキちゃんの顔をのぞきこむとユキちゃんは頬づえをついたまま「別に」とそっぽを向いた。
「え、絶対機嫌悪いよね？」
「悪くないし」
　ユキちゃんはこっちを見ないまま。
　ユキちゃんが不機嫌になるなんてめずらしい。
　私、なにかしちゃったかなぁ……？

「ユキちゃん……」
「…………」
「ユキちゃんってば！」
　私がユキちゃんって呼んでも返事がないのなんてすごく寂しいよ。不安だよ。
「ユキちゃん……!!　返事して……よ……」
　私は泣きそうになりながら、思わずユキちゃんに抱きついた。
「……だって、乙葉がさ……」
「……？」
　ユキちゃんがそっぽを向いたまま口を開いたので私はうずめていた顔を上げる。
「乙葉がさっき……」
「なに？　さっきなに……？」
　その先をなかなか言おうとしないユキちゃん。
「もー。言ってよ……」
「だって、乙葉絶対笑う」
「笑わないよ……？」
　なんだろう？
　私、さっきなにをしたんだろう？
　そう思っていると……。
「だから、乙葉がさっき……西山先生に……だ、抱きついてたから……」
　片手で口を押さえ一向にこちらを見ようとしないユキちゃんは恥ずかしそうにそう言った。

「……それがすごく嫌だったの……」
　え……？　え？
　そんなこと？
　それってまさか……ヤキモチ……？
　でも、それ数時間も前のことだよね？
「ユキちゃん……」
「……な、なに……」
「こっち向いて？」
「やだ」
　ユキちゃんがひたすら顔を隠すので、私はすばやく反対側に移動した。
「あ。ユキちゃん、顔ちょっと赤い……」
「……っ……うるさい……アホ……」
　ユキちゃんの顔は自分で言って自分で恥ずかしくなってしまったのかちょっと赤くて。
　困ったような、恥ずかしいようななんとも言えない表情をしていた。
　ユキちゃんでもこんな表情するんだ。
　ユキちゃんでもヤキモチやくんだ。
「……あはは！　ユキちゃんかわいい！」
　なんだかそんな姿がとてもかわいくて、私は思わず笑ってしまった。
「かわいいって言うな。だから言いたくなかったのに……」
　そっか。
　ユキちゃんもそんなふうに思ったりするんだ。

かわいいな。愛おしいな。
　もう本当に、どうしてこんなに愛おしいんだろう。
「もう、俺以外の男にあんなことしたら絶対ダメだからね。俺がやくから」
　そう言って座ったままのユキちゃんは顔を隠すように、立っている私のおなかに顔をうずめる。
「ごめんね……？　ユキちゃん……」
「うん……。いいよ」
　意外とヤキモチやきで少し子どもっぽいところもかわいくて。
　いま、とても愛おしく感じて。
　私は明日、こんな愛おしい人と結婚するんだと改めて思うとまた泣きたくなってしまう。
　だけど、明日本番なのにいま泣くわけにはいかないから必死で涙をこらえた。
　それなのに……。
「あ、そうだ。なぁ、乙葉」
「なに？」
　それなのにさ。
　ユキちゃんは私を椅子に座らせると、さっきまで顔を赤くして、ヤキモチなんかやいてたくせに。
　またいつものように、大人っぽく優しく笑うから。
「俺、まだちゃんと言ってないことがあったね」
「言ってないこと……？」
　ユキちゃんはとてもずるいから。

こんなの……。
「俺と、結婚してください」
　こんなの……涙を我慢できるわけないじゃん。
「……っ……」
「たとえ、乙葉がどんな姿になったとしても、俺が一生守るよ。約束する」
　もう。もう。もう。
　本当に君はずるい。
「乙葉が俺の足を引っ張っても、その分俺が乙葉の手を引っ張ってあげる」
　ユキちゃんの言葉は、いつだって、本物で、まっすぐで。
「乙葉が忘れても俺が覚えているから。俺が何度だって逢いに行くから。乙葉は、ただとなりにいてくれるだけでいいから」
　ユキちゃんがそう言うなら、迷いなんかなくなっちゃって。
「だから、一生俺についてきてよ」
　そのたびに私は温かい涙を流し、こんなにも胸がドキドキしてしまうんだ。
「もう……ユキちゃん、ずるいよ……明日が本番なのに……バカぁ……!!」
　ユキちゃんの胸に抱きつき私は子どもみたいに声をあげて泣いた。
　ユキちゃんのプロポーズ。
　私だけにくれる愛の言葉。
「ほら、泣いてないで返事を聞かせてよ」

私だけにくれる笑顔、優しさ、温もり。
「……はい!!　こちらこそ、よろしくお願いします……！」
　そんなたくさんの幸せを、ひとつの大きな愛にして。
「明日は世界で一番の幸せ者にしてあげる」
　私は明日、この人と永遠の愛を誓います。

永遠の愛を誓いますか？

　結婚式当日。
　日に日に病魔にむしばまれ、昨日のことさえあいまいないま。
　実は今日も私は、今日が結婚式であることを朝起きたら忘れてしまっていた。
　こんな特別な日だって病魔は関係ないと言わんばかりに姿を現す。
　それでもみんなが優しく笑って教えてくれたんだ。
「今日は乙葉が世界で一番の幸せ者になれる日だよ」って。
　そんな人たちの存在があるおかげで、私はいま、純白のウェディングドレスに身を包むことができている。
　腰の辺りから大きく広がる真っ白なウェディングドレス。
　頭には小さなティアラと、そこから伸びるウェディングベール。
　耳には真珠のイヤリング、首もとにはお母さんがくれたダイヤモンドのネックレス。
　両腕には肘まであるフィンガーレスグローブ。
　そして、ナチュラルなメイクは梨香子ちゃんが、首もとが綺麗に見えるアップスタイルの髪形は咲がしてくれた。
　仕上げに梨香子ちゃんにグロスを塗ってもらい完成。
「よし！　完成‼　やばい‼　乙葉めっちゃ綺麗‼」
「うん‼　本当にかわいいお嫁さんだ‼」

そっと鏡をのぞきこむとそこには見たことのない自分がいた。
「わぁ……すごい……」
　これが、私……。
「この日のためにウェディングドレスに似合うメイクと髪形を梨香子と練習してたの!!」
　鏡を見て感動する私に、咲は満足そうに笑い後ろから私の両肩に手を置きながら「ね？」と梨香子ちゃんと顔をあわせた。
　その様子を見ていると、ふと記憶が蘇ってくる。
「なんてったって大事な親友の結婚式なんだからね！」
　と咲。
　一度は「友達をやめる？」なんて言葉で傷つけたのにそれでも咲はこんな私の友達をやめようとしなかったよね。
　咲はいつも私をお腹が痛くなるまで笑わせてくれたよね。
　咲といたら自然と笑顔になれた。
「このメイクは乙葉だけにする特別なものなんだからね!!　まぁ、専門学校に行ってもっと腕を磨くけど!!」
　梨香子ちゃん。
　ユキちゃんのことを本気で好きな想いはふたりとも負けないくらい強くて。
　お互いを嫌に思っていた時期があったよね。
　ユキちゃんを想う気持ちでぶつかったことがあったよね。
　それでもいまは、こうしてまた私の理解者として私の友達でいてくれる。

私はとてもとても素敵な友達を持った。
「ふたりとも本当に、ありがとう……っ……」
「あ！　こら！　いま泣くな！　メイクが崩れちゃうじゃん!!」
　ふたりの間で泣きそうになってしまった私の背中を咲が慌ててさする。
　こんな素敵な友達に出逢えて幸せ者だ。
　ううん。それだけじゃない。
「乙葉ちゃん。とても綺麗よ」
　ウェディングドレスを用意してくれたユキちゃんのお母さんにも。
「立派な花嫁姿じゃないか」
　私たちを思い、一度は反対しながらも結婚を認めてくれたユキちゃんのお父さんにも。
「綺麗ね……乙葉」
　いつだって私の味方でいてくれて、いつも温かく見守ってくれるお母さんにも。
「はぁ……。あんな授業をサボって俺を困らせてた三浦と一ノ瀬が結婚かぁ……」
　私が自主退学したってずっと私を大事な教え子として大切にしてくれていたニッシーにも。
「乙葉、よくここまで頑張ったな」
　ときに優しく、ときに厳しく。
　私の担当として私をここまで支え続けてくれた龍崎さんにも。

私はいろんな人に出逢えたんだ。

　この病気になって失ったものはあまりにも多く数えきれないけれど。

　でもその分……。

　"友情"、"優しさ"、"強さ"、"覚悟"、"絆"、"愛"。

　そんな多くの大切なものを得ることができたんだ。

　みんな、本当にありがとう。

　感謝しても仕切れないこの恩は一生かけて返していくから。

　どうかこれからもずっと見守っていてください。

「よし!!　さっそくユキ君に見せてあげましょう!!」

「ユキまたほれ直しちゃうかもね!!」

　「完成してからのお楽しみ」と部屋の外で待たせているユキちゃんを咲が呼びに行く。

　そして、みんなは「結婚式前の最後のふたりだけの時間をごゆっくり」と言い残すと部屋から出ていった。

　それと同時に部屋に入ってきたユキちゃん。

　チャコールグレーのタキシードに身を包み、ワインレッドのネクタイをしめたユキちゃんは言葉を失うほどにかっこよくて。

　まるで、本物の王子様のよう。

　そしていま、初めて私の花嫁姿を見せるとき。

「ど、どうかな……」

　ウェディングドレスを広げ、両手には白いバラのラウンドブーケを持ちながら、太陽の光をバックにそっとユキ

ちゃんの顔を見上げる。
　すると、ユキちゃんは……。
「……とても綺麗だよ」
　目を細め優しく微笑み、
「世界で一番綺麗だよ」
　声を震わせながらそんな言葉を贈ってくれた。
「ちょっ……ごめん…っ……。待って……」
「ユキちゃん……？」
　ユキちゃんはとっさに片手で目を覆いかくすと肩を震わせた。
「……なんか、涙出てきた……。ごめん……っ……」
「もー。まだ泣かないでよぉ……っ……」
　まさか、花嫁姿の私を見て泣いてしまうとは思わなかった私はあきれ笑いをしながらももらい泣きしそうになってしまう。
「ほら、旦那さん。そんなに綺麗だったの？　ビックリしたの？」
　私は立ちあがるとユキちゃんの目をハンカチでそっとふいてあげた。
「ごめん……っ……。うん……。もう、そういうことにしといて……。乙葉……めちゃくちゃ綺麗だよ……」
　このとき、ユキちゃんがなにを想い涙を流したのかはわからない。
　でも、感極まって流したその涙にはきっと、これから先の人生への決意や覚悟がたくさん詰まっていたのだろう。

「ほら、行こう。みんな待ってる」
「うん。行こうか」

　ふたり、手を取って部屋を出る。

　施設の職員の人や入居者の人たちが花で色鮮やかに彩ってくれた施設内。

　ユキちゃんにエスコートされ、バルコニーへと続く廊下に敷かれたバージンロードを歩く。

　一歩、一歩確かめるように。

　一歩、一歩踏みしめるように。

　そして……。

「みんなー!!　ちゅうもーく!!　新郎新婦の入場です!!」

　外から聞こえるその声とともにバルコニーのドアを開ける。

　ふたりの晴れ舞台を祝うかのようなまぶしい太陽の光とともに。

　咲、梨香子ちゃん、龍崎さん、ニッシー、お母さん、ユキちゃんの両親。

　新山さん、アユム君、施設の職員、入居者。

　そこにいるみんなが温かな拍手で迎えてくれた。

　鳴りやまぬ盛大な拍手と祝福の声。

　ヒラヒラと空を舞うフラワーシャワー。

　とても温かな光景に瞳が潤む。

「行こう、乙葉」

「……うん……っ……！」

　ユキちゃんに優しく微笑まれ腕を組まれると、私はグッ

と涙をこらえゆっくり歩みを進める。
　長い長いバージンロードを歩く最中も、祝福の拍手や声は鳴りやまない。
　そして、バルコニーの一番奥にある白い花で装飾されたフラワーアーチの前で私たちは止まった。
　そこで待ち構えているのは大好きな親友、咲。
「乙葉……綺麗だよ……」
「咲……」
「ほら、ふたりとも向かいあって」
　神父役を務めてくれる咲のその言葉に私とユキちゃんは向かいあう。
「じゃあ、いくよ」
　いまから私たちはみんなの前で誓う。
　永遠の愛を。
「汝、一ノ瀬雪斗は」
　ねぇ？　ユキちゃん。
　私よりかわいい女の子なんて。
　私より素敵な女の子なんてたくさんいるのに。
「三浦乙葉を妻とし」
　こんな私を選んでくれてありがとう。
「健やかなるときも、病めるときも」
　私はあなたと出逢い、たくさんの幸せを知りました。
「富めるときも、貧しきときも」
　あなたが私のとなりにいるから、私は強くなれるのです。
「この人を愛し、この人を敬い」

あなたと同じ未来をたどりたいのです。
「この人を慰め、この人を助け」
　だから、あなたはこの先もずっと、
「死がふたりを分かつまで愛しあうと誓いますか？」
　私のとなりで永遠に笑っていてください。
「誓います」
　ユキちゃんはまっすぐ私を見つめる。
　優しく笑い、固く決意し、迷うことなくこの先の永遠を約束する。
「……っ……‼」
「ほら。次は乙葉の番だよ」
　もう泣きだしてしまった私を見て、ちょっと困ったように笑いながらユキちゃんが背中をさすってくれる。
　私は涙をぬぐうと、まっすぐユキちゃんを見すえた。
「汝、三浦乙葉は」
　私は大好きです。
「一ノ瀬雪斗を夫とし」
　いたずらな笑みも。
　イジワルな言葉も。
　無防備な寝顔も。
　少し照れた仕草も。
　優しい性格も。
「健やかなるときも、病めるときも」
　そのすべてが愛おしくてたまりません。
「富めるときも、貧しきときも」

もしも……。
　明日が見えないような暗闇がふたりを襲い、分かれ道の途中でまたふたりがはぐれてしまっても。
　明日記憶のすべてがなくなってしまっても。
「この人を愛し、この人を敬い」
　私は何度でもあなたの元にたどり着くでしょう。
「この人を慰め、この人を助け」
　あなたが差しのべるその手のひらを頼りに、私は暗闇の中でも歩いていけるでしょう。
　だから、私も約束します。
「死がふたりを分かつまで愛しあうと誓いますか？」
　きっと私はあなたにたくさんのものを背負わせてしまうでしょう。
　それでも、こんな頼りない私でも。
　あなたが苦しいとき。
　あなたが迷い立ちどまり、くじけそうになったとき。
　あなたがそうしてくれるように。
　私があなたのそばで支えてゆくことを、ここに誓います。
「……誓います……っ……!!」
　涙でぐちゃぐちゃな顔で精いっぱいにうなずく。
「あなた方は……っ……自分自身を……お互いに捧げますか……っ？」
　泣きながら誓いの言葉を読みあげる咲。
　見守ってくれているみんな。
　そんな大切な人たちの前で、永遠が永遠に続くように。

この幸せに終わりが見えないように。
いつだって自分の横には、あなたがいるようにと。
私はユキちゃんに。
ユキちゃんは私に。
「捧げます」
「……っ……捧げます……」
自分のすべてを捧げると誓いあう。
「乙葉……」
ユキちゃんは咲から指輪を受け取り、私の左手をそっと握ると薬指にはめてゆく。
「これ……」
この指輪を私は覚えている。
それは……。
あの日、あのとき。
波が押しては引き、悲しみに包まれたあの場所で。
涙をこらえ必死に本音を隠し『いらない』と投げ返したシルバーのペアリング。
本当はあのときとても欲しかった。
うれしかった。
もう一生この指にはめることはないと思ってた。
「今度は受け取ってくれますか？」
それがいま、私の右手薬指ではなく、左手薬指でキラキラと輝く。
一度は別れたふたりがもう離れないようにとつなぎとめるかのように、その指輪はあのときよりも輝きを増す。

「ユキちゃん……っ……!!」
　私も咲から指輪を受け取るとユキちゃんの左手薬指にそっとはめた。
　完成するふたつでひとつの永遠の証。
「最後に誓いのキスを」
　咲のその言葉とともにユキちゃんがウェディングベールをめくった。
「……っ……」
「泣かないで」
　おでことおでこをくっつけ、ユキちゃんは私の背中をさすりながら優しく笑う。
「乙葉。俺と出逢ってくれて、生まれてきてくれてありがとう」
「そんなの……私の言葉だよ……っ……！」
　両頬に手を添えられ、そっと唇が触れる。
　温かく優しいキスは永遠を約束するキス。
「ほら、乙葉」
「わっ……!?」
　キスの直後いきなりひょいっと持ちあげられる体。
「してほしかったんでしょ？」
　純白のウェディングドレスに身を包みながらユキちゃんにお姫様抱っこをされ、私はユキちゃんの首に腕を回した。
「おめでとう!!」
　そんな姿にみんなは泣きながらまた、盛大な拍手を送ってくれた。

私はひとりなんかじゃないんだ。

　だって、ほら。

　周りを見渡せばこんなにもたくさんの人がいるのだから。

「みんな……っ……ありがとう……！」

　私は、いままちがいなく世界一の幸せ者だ。

　どうか……。どうか、夢ならば覚めないで。

　今日ここまでの道のりは、決して平坦な道ではなかった。

　後ろを振り返ればたくさんの迷いや、悲しみや、涙で染まった道ができている。

　それでもいまは心から思う。

　こんな人生でよかった、と。

　流した涙に無意味なことなんてなにひとつとしてなかったんだ、と。

　幸せなことばかりではない人生の中だからこそ、私はたくさんの幸せに気づくことができた。

　病気を宣告され、なにもかもが壊れ始めたあの日からずっと見失っていた生きる意味。

　たくさん時間がかかったけれど、私はやっとその意味を見つけることができた。

　私はどこまでもまっすぐに愛してくれる。

　そんな人と出逢えた。

　それは、きっとね。

　明日を生きていくには、十分な理由だったんだ。

　生きる意味はすべて君がくれたんだ。

　こんな大きな世界の片隅であなたと出逢えた奇跡が私を

変えてくれた。
　君がいる。
　ただそれだけで私は明日も生きてゆけるんだ。
　君に贈る言葉はありがとう。じゃ足りなくて。
　好きだよ。じゃ足りなくて。
　じゃあ、なにが一番しっくりくるかと考えてみても、なにも思い浮かばないから。
　せめて、君のとなりでずっと笑っていようと思う。
「ねぇ！　ユキちゃん！　聞いて‼」
「なに？　聞こえてるよ」
　この言葉を忘れてしまう前に、いまここでありったけの愛を君に叫ぶ。
「ユキちゃん、あのね……愛してる‼」
　愛してる。愛してるよ。
　何度だって言うよ。
「バーーカ。知ってるよ」
　そしたら、ほら。君は
「俺もね、めっちゃ愛してる」
　いつだって同じ言葉を返してくれるでしょう？
「ユキちゃんはいま、幸せですか？」
　絆を感じ心を知り。
　弱さを感じ強さを知り。
　君を想い君を愛し。
　ふたりでたくさん流した涙。
　これから先も決して幸せなことばかりではないけれど。

「俺……?」
　君は幸せですか?
「すげー幸せ!!」
　私はあなたと出逢うことができて、とても幸せです。
　ふたり、命がここにある限り。
　願わくは君と、永遠の幸せを——。

私はまた、君に恋をする

　——1年後。

　桜がもうすぐ咲きそうな季節が来ました。

「乙葉、見て。桜がもうすぐ咲きそう」

　私のとなりにはいま、あなたがいます。

「……本当だぁ」

　あなたのとなりにはいま、私がいます。

「乙葉、今日はなんの日か覚えてる？」

　私はもう、数分前のことさえおぼろげで。

　あなたが誰なのかも定かではなくて。

「なんの日……？」

　ときどきあなたを切なそうな表情にしてしまいます。

「今日はね、乙葉と俺の1年目の結婚記念日なんだよ」

　それでもあなたはとても幸せそうに笑います。

「1年で一番大切な日なんだよ」

　そんなあなたを見ていると、私はとても幸せな気持ちになります。

「えー。私と君が結婚したの？　嘘だぁー」

「嘘じゃないよ。ほら」

「おそろいの指輪……？」

　真っ白な記憶の中であなたの優しさは、なんだかとても切なくなつかしく。

　そして、陽だまりのようにあたたかい。

なんだかキュンとして、もどかしくて、無性に泣きたくて、伝えたくなります。
　毎日、毎日。
　あなたの顔を見るたびに。
　あなたの顔を見るたびに恋をしてしまいます。
「好きです。……君が、好きです」
　この言葉は今日初めて伝えたはずなのに。
　あなたは聞きなれたような顔をして笑って。
「俺も好き」
　同じ言葉を返してくれます。
　だから、私はそんなあなたに
「たぶん……明日も君が好きです」
「うん。俺も」
　何度だって恋をするんだと思います。
『ユキちゃん、あのね……だーいすき‼』
『バーカ。知ってるよ。俺もね、めっちゃ好き』
　頭の片隅にあるなつかしい記憶とともに……。

エピローグ

「ユキ君、いつもありがとね。いま仕事帰り?」
「はい。そうです」

あれから1年以上もの月日が経った。

高校卒業後すぐに就職した会社では、すっかり仕事にも慣れてなかなか忙しい日々を過ごしている。

今日もいつものように仕事帰りに足を運んだのは、乙葉のいる施設。

「乙葉ね……。今日もダメみたい」
「そうですか」

乙葉の病気はこの1年間でかなり進行した。

自分でできることが少なくなり、もう神崎たちや俺のことをまったく思い出せないところまで来てしまった。

いつもどこか遠くを見つめあまり笑わなくなり、名前も呼んでくれず、毎日繰り返す「初めまして」。

あのころのふたりのように笑いあうこともできない。

龍崎さんの話によると、乙葉が自分から俺のことを思い出すことはもう難しいという。

自分のしていた覚悟よりもはるかに残酷な現実につらくないといったら嘘になる。

それでも自分で決めた道だから逃げ出す選択なんか俺にはなかった。

「乙葉に会いに行ってきます」

俺はおばさんに軽く頭を下げるとその場を去ろうとしたが「待って」と呼びとめられた。
「これ、乙葉から」
「手紙……？」
おばさんから差し出されたのは白い封筒に入った１通の手紙。
「結婚式のあとに乙葉に頼まれたの。『もしも私がダメになってしまったときにユキちゃんにこの手紙を渡してね』って」
乙葉が俺に書いた手紙……。
「……ありがとうございます」
俺は、手紙を受け取ると施設から出た。
そして、ベンチに腰を下ろすと乙葉が俺へと書いた手紙を開いた。

一ノ瀬雪斗様
これは私からユキちゃんに贈る最初で最後の手紙です。
もう自分の言葉では伝えられなくなってしまうので、ここにこうして、したためます。
平仮名ばかりでは読みにくいと思うから、辞書や携帯を使い、お母さんや咲に手伝ってもらいながら自分なりに頑張って書きます。どうか最後まで読んでください。
ユキちゃんがいま、この手紙を読んでいるということは、もう私がユキちゃんたちのことを思い出すことができない。

そんなとこまで来てしまったということですか？
　そうだとしたら、ユキちゃん。
　いまとてもつらいでしょう？
　私はいつもユキちゃんにつらい思いばかりさせてしまうね。
　本当にいつもごめんね。
　そして、ありがとう。
　こんな私を愛してくれて。
　こんな私と同じ未来を選んでくれて。
　本当の本当にありがとう。
　私は、病気を宣告されたあの日からずっと、なにもかもが怖くて、なにもかもが嫌になり生きる意味を見失いました。
　優しさを強がりで突き飛ばし自分はひとりだと勝手に決めつけていました。
　私はとても弱い人間だから、ユキちゃんをたくさん傷つけてしまいました。
　それでもユキちゃんは変わりませんでした。
　ユキちゃんはいつだって私に、優しくまっすぐな愛を注いでくれました。
　何度も私を見つけて救おうとしてくれました。
　でも私はそのたびに遠ざけてしまいました。
　だって、つらかったから。
　私といることでユキちゃんまでつらい思いをすることが。
　ユキちゃんが悲しみに溺れてしまうかもしれないことが。
　たとえ世界中の人が不幸になっても、ユキちゃんだけに

は幸せでいてほしい。
　そんな思いがあったから、本当のことを言えるわけがありませんでした。
　それが私の精いっぱいの強がりであり、ユキちゃんへの愛でした。
　それでもユキちゃんは、また私を見つけてくれました。
　真実を知っても「一緒に生きよう」と、迷わずにそう言ってくれました。
　私がいないと幸せにはなれない。
　そう言ってくれました。
　でもユキちゃんと一緒にいないと幸せになれないのは、私のほうです。
　その証拠にいまはユキちゃんのいない毎日なんて、考えることができません。
　また、ユキちゃんと一緒に過ごすことになり、たくさん泣き、たくさん悲しい思いをしました。
　でも、ユキちゃんが一緒に泣いてくれたから。
　何度だって、手を差しのべてくれたから。
　私は前よりもずっと強くなれました。
　ユキちゃんのいる私には怖いものなんてありません。
　ユキちゃんの言う通り私はふたりでなら、なんでものりこえられるような気がするのです。
　もう、なにがあったかあまり思い出せないけど、それでも自分の後ろにできた道を振り返ったとき、そこにはいつだって、ユキちゃんがいます。

ユキちゃんがくれたものはとても大きすぎて、まだなにも恩返しできてないけれど、優しい君のことだからきっと「もう十分だよ」って笑うんでしょう？
　ねぇ。ユキちゃん。幸せになってください。
　誰よりも幸せになってください。
　もしも、それが私のいる生活で、得られなくなってしまったのならば、どうか私の元をそっと去ってください。
　そのときは私のことなんか忘れてください。
　だって、やっぱり私はユキちゃんにはずっと幸せでいてほしいのです。
　でもできれば、私のそばにいてください。
　できれば、私のとなりにいてください。
　できれば、私の元から離れないでください。
　私はユキちゃんがいないと生きてゆくことができません。
　私への気持ちが薄れてしまったときには、ふたりで過ごした日々を思い出してください。

　そして、これだけは忘れないでください。
　たとえ、私がユキちゃんのことを忘れても、一生消えない想いがあります。
　それは私が、一ノ瀬雪斗という人を愛している。
　そんな気持ちです。
　この想いだけは一生消えません。約束します。
　私はユキちゃんがいるから生きてゆけます。
　明日がとても待ち遠しくなります。

ユキちゃんもそうですか？

あの日、ふたりで描いた未来は、いまもユキちゃんの中に刻まれたままですか？

私にもそれを教えてください。

何度も。何度も。私が思い出すまで。

ユキちゃんの声で教えてください。

ふたりでした未来の約束を、また私と交わしてください。

私はその声と約束を頼りに、またユキちゃんに逢いに行きます。

何度でもユキちゃんに恋をします。

本当はまだたくさん伝えたいことがあるけれど、それはまた今度直接伝えます。

伝え続けます。

まだ時間はたくさんあるから。ゆっくり伝えます。

永遠が永遠に続くのなら。

私のこの気持ちもきっと永遠です。

ずっと、君を想い続けます。

最後に、ユキちゃん。

私と出逢ってくれて本当にありがとう。

君は幸せですか？

私はとても幸せです。

一ノ瀬乙葉（旧姓：三浦）

「……っ……」
　２枚にもおよぶその手紙は、乙葉から俺への強い強いメッセージであふれていた。
　何度も何度も書き直した跡がある手紙。
　忘れてしまった言葉をつなぎあわせ必死に俺への想いをここに残してくれた。
　これを書くのにいったいどれほどの時間を費やしたのだろう？
　そして、封筒の中にはもう１枚、あるものが入っていた。
　それは………。
"離婚届"。
『どうか私の元をそっと去ってください』
『でもできれば、私のそばにいてください』
　それは乙葉の最後の強がり。
　俺がいつでも幸せになれるように。
　俺がもしも乙葉といるのが嫌になってしまったとき、いつでも離れることができるように。
　乙葉の名前だけが記入してあるその離婚届は、涙でにじんでいた。
　本当はこんなもの用意したくなかったくせに。
　どうして乙葉はこんなにも俺の幸せばかり考えてくれるのだろう？
「バカだなぁ……っ……。こんなのいらないし……」
　乙葉の涙でにじんだ離婚届がポタポタとあふれる俺の涙でさらににじんでゆく。

なぁ、乙葉。
心配しなくても俺は大丈夫だよ。
俺はまだ頑張れるよ。
もう強がらなくていいんだよ。
ふたりで誓った永遠の愛はそんなにやわじゃないだろ?
乙葉は俺の最高のパートナーだよ。
だっていま、こんなにも乙葉が愛おしい。
俺は乙葉がいなきゃダメなんだ。
俺が乙葉といたいんだ。
約束しただろ?
俺が必ず乙葉を守るって。
だから、ふたりは大丈夫だよ。
もう、一生離れたりしないんだ。
それにさ……。
結婚は「乙葉の夢をかなえてあげたいから」だなんて言ったけど。

本当はただ、俺が乙葉を自分の近くに置いておきたかったからなんだ。

強がりばかり吐いて一度は離れてしまった乙葉がもう二度と離れないように。

だってあの日あのとき、引きとめるすべもなく乙葉の手を離したことを悔やんでも悔やみきれなかったから。

もう、絶対離したくはないから。
乙葉の居場所はいつだってここにあるから。
忘れてしまう君にあと何度「乙葉、愛してるよ」。

そう言えば伝わるだろうか？
この想いは伝えきれそうにないや。
だから、その分、君とたくさんの思い出を作ろうと思う。
あふれるほどの思い出を俺と君の記憶に刻みこもうと思う。
たとえば、ほら。
春は満開の桜を見に行こう。
夏は青く広い海へ泳ぎに行こう。
秋は紅葉で染まる街へ出かけていこう。
冬は雪に染まる真っ白な丘を登りに行こう。
365日同じ景色を見ながら生きてゆこう。
誕生日を毎年祝い。
一緒に眠り一緒に朝を迎え。
声が枯れるまで「愛してる」と叫ぼう。
24時間同じ時間を生きてゆこう。
君と見た景色は、君が忘れても俺が覚えておくから。
何度でも俺が君に教えてあげるから。
だからさ。
「私がいなくても幸せになって」
なんてもうそんな悲しいこと言わないで。
俺のとなりで変わらずに笑ってて。
それだけで俺は心から幸せだと思うんだ。
「乙葉……」
いま、無性に乙葉と会いたくなって涙をぬぐうとそっと立ちあがる。

そして、離婚届は丸めてゴミ箱に捨て、手紙を握りしめて乙葉のいる部屋へと向かった。
　ねぇ、聞いて。
　俺も君に伝えたいことがたくさんあるよ。
　もしも、君が。
　立ちはだかる高い壁に邪魔をされ、前が見えなくなってしまったら。
　もしも、君が。
　静寂の夜におびえ体を小さく震わせて、さまよい途方に暮れてしまったら。
　もしも、君が。
　神様にこれ以上の試練を与えられ、もう立ちあがることができなくなってしまったら。
　もしも、君が。
　絶望のふちに追いやられ、また生きる意味を見失ってしまったら。
　俺がかならずそこから君を救い出そう。
　いくつもの壁をのりこえて君を見つけ出し。
　君がどこで迷ったって、俺がかならず迎えに行こう。
　襲いかかる暗闇や静寂の盾になり、この身を捧げてでも君を守りぬこう。
　そして、また手をつなぎ何度でも愛を確かめあおう。
『愛してる』
　永遠のふちに立たされたとしても、何度でもこの言葉を届けにゆくから。

想いはすべて言葉に託すから確かめて。

　死がふたりを分かつそのときまで、立ちどまらず君と同じ道を歩いていくために。

　もう、二度と分かれ道など作らぬように。

　君がもう俺のことなんか思い出せなくたって何度だって口説（くど）き落としてあげるよ。

　だって俺ね。

『私は……記憶をなくす病気なんだよ』

　震える君の口からそう聞いたとき。

　絶望や、悲しみや、失望や。

　なんかもう、そんなんじゃなくて

　ただ、たまらなく愛おしいと思ったんだ。

　あのとき、気づけなかった自分が憎くなるほどに、それ以上に愛おしさがあふれて止まらなかった。

　守りたいと思った。

　周りから見たら「綺麗事だ」ってバカにされるようなそんな愛が、俺が君に贈る愛だよ。

　この愛を受け取ってくれる人は、受けわたす人は、いつだって君だけでいい。

　君だけがいい。

　俺の一番近くでこの愛を感じてくれるならほかにはなにも望んだりしない。

　けど……。

　けど、たったひとつ。

　ワガママを言うならもう一度呼んでほしい。

あいまいでもうろ覚えでもいい。

君のその愛おしい声でもう一度俺の名前を呼んでほしい。

『ユキちゃん』

そう言って一瞬だけでもいいから、あのころの無邪気な笑顔を見せてほしい。

不安なんかなにもなくて、たしかに幸せを感じていたあの日のように。

そんな未来は容易には来ないことは自分が一番わかっている。

もしかしたらもう二度と来ないかもしれない。

でもそれなら俺は、その日を待ち続けるよ。

君との奇跡を信じ続けるよ。

だって俺は思うんだ。

ふたりでならきっと、奇跡だってなんだって起こせる。

ふたりの記憶を合わせれば、何度だって出逢うことができる。

大丈夫だよ。俺らなら。

そうしてのりこえてきたんだから。

俺は君のことを永遠に愛し続け。

君は俺のことを永遠に愛し続ける。

そんな事実さえあれば、奇跡のひとつやふたつくらい簡単に起こせるよ。

なぁ、そうだろ？

そっとドアを開ける。

桜の花びらがひらひらと部屋に舞いこみ、月明かりに照らされた夜桜が静かに揺れる。
　君はその景色からゆっくりとこちらに顔を向けると、少し目を大きくさせた。
　そして……。
「ユキちゃん!!」
　幸せそうに笑ってみせる君を、俺は思わずぎゅっと抱きしめたんだ。

Fin.

あとがき

こんにちは。嶺央(れお)です。
このたびは『たとえば明日、きみの記憶をなくしても。』をお手に取っていただきありがとうございます。

この作品のテーマは"愛"です。恋人へ。友達へ。家族へ。教え子へ。亡き想い人へ。そんなたくさんの愛をギュッと詰めこみ、始まりから終わりまで"愛"というテーマを大切にしながら執筆をしたつもりです。

私は、人は人の愛がなくては生きてはゆけないものだと思っています。どれだけ強がってひとりぼっちで生きているつもりでも、自分の人生を振り返ればそこには必ずたくさんの愛を感じながら生きてきた日々があるはずです。
その愛を与えたくれた人は誰なのか。それは人それぞれですが、今皆様の中で思い浮かんだ人がきっとそうです。

そして、もうひとつ思うのが自分がつらいときは誰かに頼りきってしまってもかまわないと、泣きたいときは泣きついてしまってもかまわないということです。それを強くなるための糧にすれば。自分と同じように泣いている人がいたとき、誰かがそうしてくれたようにそっと手を差しのべることのできる人間になれれば。ひとりでは越えられない